『劫火』

それは、神々しいまでに力を感じさせる、思慮深げな老人だった。（194ページ参照）

ハヤカワ文庫JA

〈JA691〉

グイン・サーガ84

劫　火

栗本　薫

早川書房

4950

THE FIRES OF FATE

by

Kaoru Kurimoto

2002

カバー／口絵／插絵

末弥　純

目次

劫火抄

地の果てのさだめきわむる劫火燃えて
　空に描きし炎の文字よ

人の子の運命《さだめ》のその日なるべしと
　劫火降り来て空あかく燃ゆ

かがやけるほのほの空を焦がしつゝ
　もゆる劫火に蝶の乱舞よ

〔中原周辺図〕

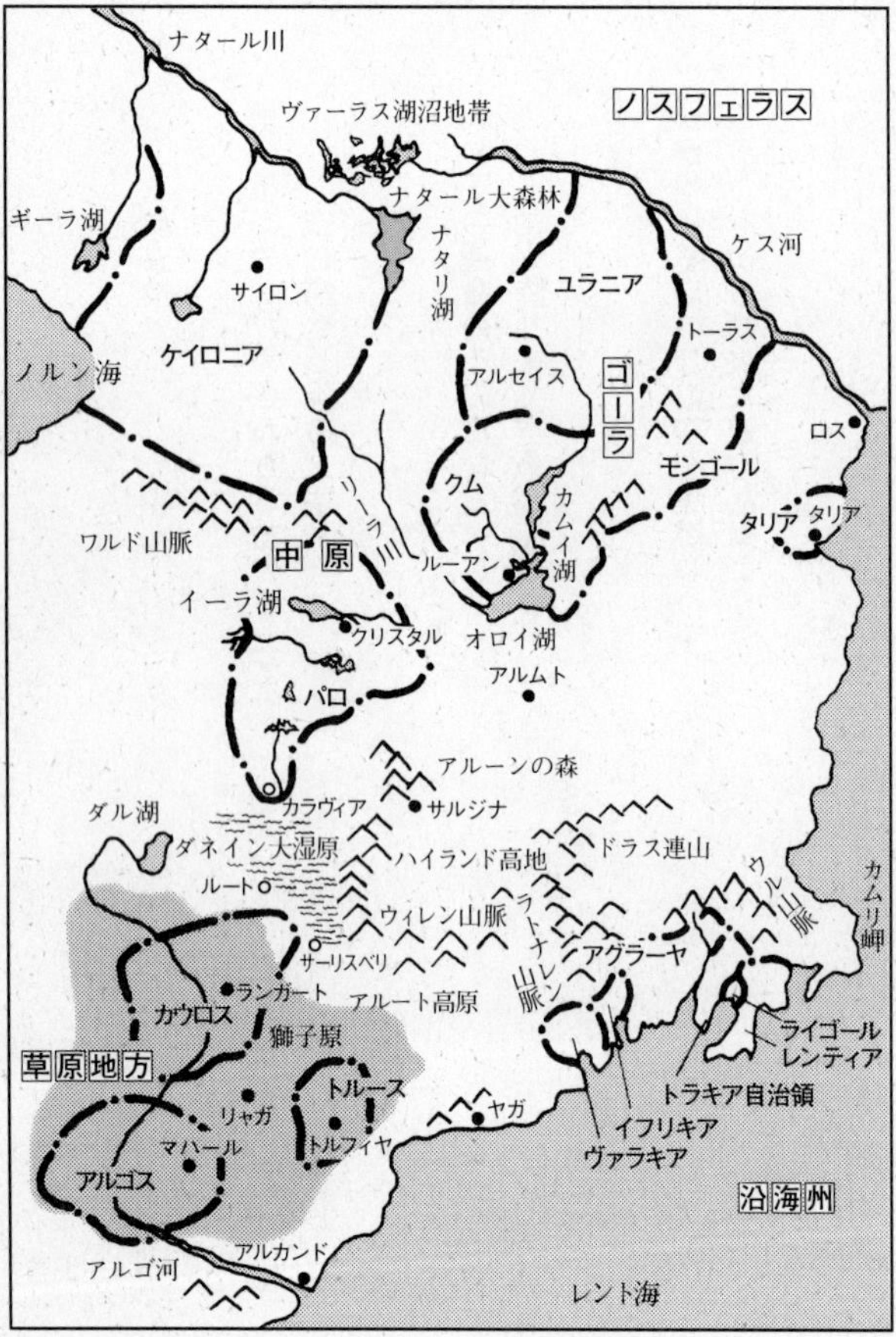
ナタール川
ヴァーラス湖沼地帯
ノスフェラス
ナタール大森林
ギーラ湖
ナタリ湖
ケス河
サイロン
ユラニア
トーラス
ケイロニア
ノルン海
アルセイス
ゴーラ
ロス
モンゴール
クム
カムイ湖
タリア
ワルド山脈
リーラ川
中原
ルーアン
イーラ湖
クリスタル
オロイ湖
アルムト
パロ
アルーンの森
カラヴィア
サルジナ
ダル湖
ダネイン大湿原
ハイランド高地
ドラス連山
ウルム山脈
ルート
ラトナ山脈
ウィレン山脈
カムリ岬
サーリスベリ
アグラーヤ
ランガート
アルート高原
カウロス
獅子原
ライゴール
レンティア
草原地方
トルース
トラキア自治領
リャガ
ヤガ
イフリキア
マハール
トルフィヤ
ヴァラキア
アルゴス
沿海州
アルカンド
アルゴ河
レント海

〔パロ周辺図〕

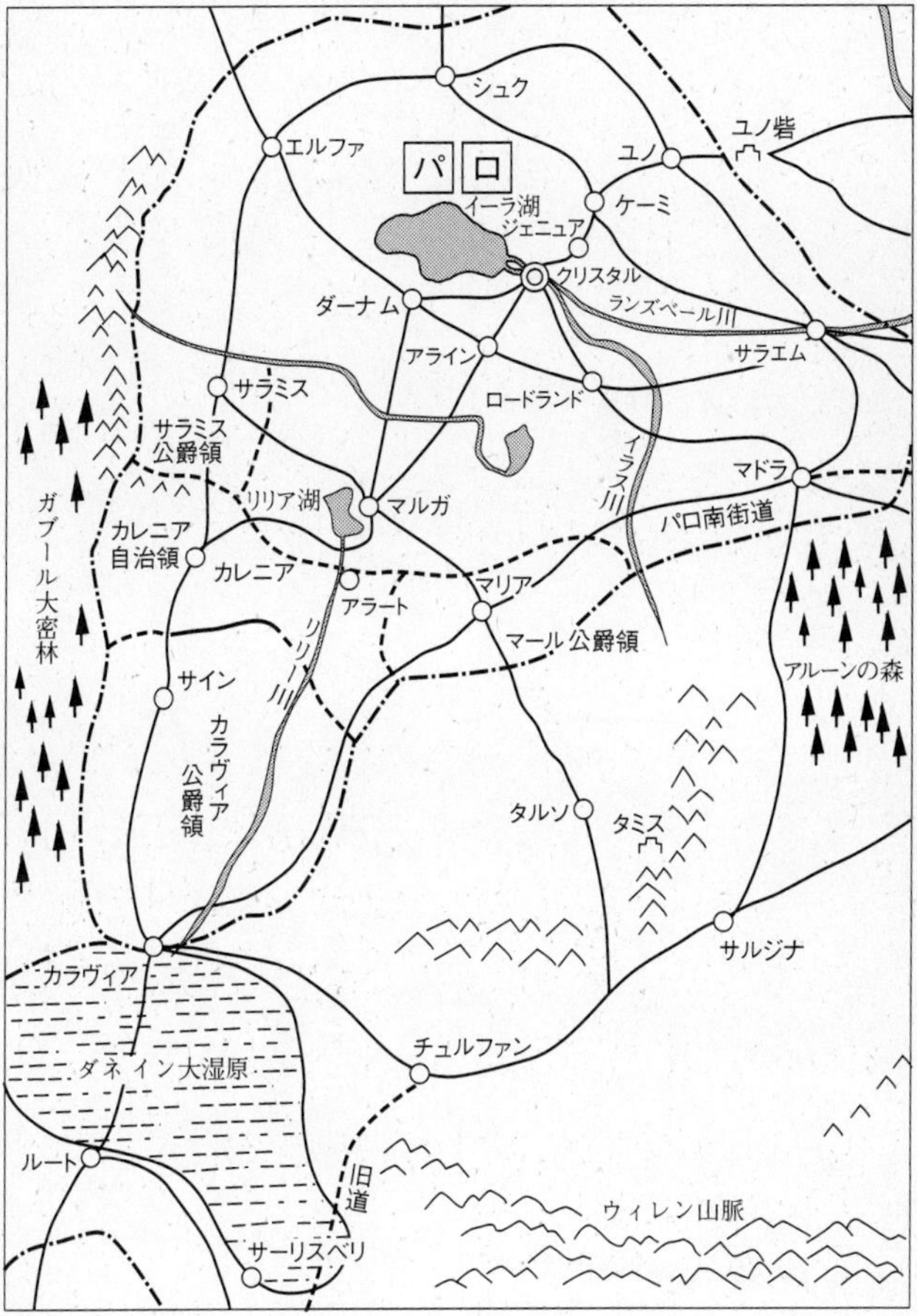

パロ
シュク
エルファ
ユノ砦
ユノ
ケーミ
イーラ湖
ジェニュア
クリスタル
ダーナム
ランズベール川
サラエム
アライン
ロードランド
サラミス
サラミス
公爵領
イラス川
マドラ
リリア湖
マルガ
パロ南街道
カレニア
自治領
カレニア
アラート
マリア
ガブール大密林
マール公爵領
リリー川
アルーンの森
サイン
カラヴィア
公爵領
タルソ
タミス
サルジナ
カラヴィア
チュルファン
ダネイン大湿原
ルート
旧道
ウィレン山脈
サーリスベリ

劫火

登場人物

イシュトヴァーン……………ゴーラ王
マルコ…………………………ゴーラの親衛隊隊長
アルド・ナリス………………クリスタル大公
リンダ…………………………クリスタル大公妃
リギア…………………………聖騎士伯。ルナンの娘
カイ……………………………ナリスの小姓頭
ヴァレリウス…………………上級魔道師
ヨナ……………………………王立学問所の教授
マリウス………………………吟遊詩人。パロの王子アル・ディーン
ディラン………………………パロの魔道師
ラン……………………………古代機械の研究者

第一話　マルガの再会

1

「なんですって」

ふいに、隣りの客に、きつい声をかけられて、おのれの話にすっかり夢中になっていたロブは驚いて顔をあげた。

「な、な、なんだぁ?」

「いま、何といったの。——もういちど、いまいったことをきかせて頂戴。さあ、早く」

「ああ……?」

ロブはぽかんと口をあいた。見知らぬ相客に突然声をかけられたことにも驚いたし、その客の語気の荒さにも瞬間びっくりしたが、それにもまして、もうひとつの驚きがロブをとらえた。

「お前さま、おなごだったのか？」

ロブが驚いたのも無理はない。ロブの連れの、仲間の猟師たちも驚きを隠せないようすだった。自由国境近い山中の小さな旧街道筋の、忘れられた小さな村落のそのまたはずれの小さな宿屋――この時代、宿屋はそうした小さな村ではたいてい、居酒屋にしてうわさの集積場で、そして村の社交の中心をなしているのだ――その食堂で、夢中になって話をしていた、居合わせた五、六人のものたちは誰もが、あたまから、この傭兵の身なりをした客を、男だと決め込んでいたのだ。

それもしかたはなかった――女性としてはけっこう大柄な体格である上に、顔はすっぽりとマントのフードでつつみこみ、鼻から下を隠すようにそのマントの幅広のとめひもを渡らせている。そのマントの下はかなり古びた傭兵のよろいかぶと、腰には大剣を下げ、馬に乗ってふらりと宿屋の前庭に入ってきて、馬に水とえさをやってくれるよう頼み、そのまま食堂に入ってきて、座ったあとは全然口を開かなかったのだ。こういう食堂のつねとして、あらたな客がきて、特に何か特別な注文をするようすがなければ、黙っていても、その日の定食を運び、注文があれば酒をもってくるが、なければ客は机の上に出しっぱなしにしてあるカラム水を勝手に飲む――湯で割りたければ食堂に続く台所の入り口に湯のカメがすえてあるから、そこからひしゃくでくんでくればよい。口をきかずとも、べつだん、何の不都合もないのだ。

それに、体格自体もしっかりしていたが、傭兵のそのなりが、妙に板についていたし、馬を前庭に乗り入れてくるようすも、いかにも馬に乗り慣れた、傭兵らしいものだったから、誰もが頭から男で、傭兵で、と決めつけて疑いもしなかったのだ。だが、フードをはねのけた下からあらわれた顔はまだ若く、それになかなか美しかった。派手なきっぱりとした作りの顔立ちだから、化粧ひとつしていなくてもなかなかふめる。長い髪の毛を首のうしろでひとつにまとめ、目つきはきびしく、確かにこの気性なら女ひとりで傭兵のなりをして旅をしていても大丈夫そうだし、それにそれなりに腕に覚えもあるのだろう、と感じさせる何かがあった。

「私のことはどうでもいいわ」

リギアは――それは、アルゴスの黒太子スカールが、アルド・ナリスの佯死の計略に怒って、ナリスのもとから立ち去ったあと、それを追うともつかず、ただひたすらナリスとヴァレリウスとともにあることに疲れはてて、単身愛馬に乗っていずこともなく立ち去っていった、パロの女騎士リギア、かつての聖騎士伯リギアにほかならなかった――うっとうしそうに云った。

「それよりも、ひとつぼ、はちみつ酒をおごってあげるから、いまの話をもういっぺんきかせて頂戴。お前たちは、いったい何を、どこで、見たのですって?」

「へえ……」

ロブたちは顔を見合わせたが、リギアの声のなかにある、命令し馴れたひびきが、かれら国境の貧しい山村の猟師たちに、これはどうやら事情があって単身旅をしている、かなりもともとは身分の高い女騎士であるらしいと悟らせた。ロブは、おずおずと口ごもりながら、リギアを見上げた。かれらの知っている村の女たちとあまりに違う、リギアの日に灼けたきびしい美貌もこの貧しい猟師たちにはまぶしかった。

「そのう、どの……どこまでお聞きになりましたので……どのお話をすればよろしいんで……？」

「最初からでいいわ。もういっぺん、面倒でしょうけれど全部きかせてちょうだい。そのかわり、はちみつ酒をひとつぼ、みんなで分けて飲むといいわ」

リギアは宿の亭主に合図した。亭主も驚いたようすだったが、小女に命じて、はちみつ酒の素焼きの壺をもってこさせた。ロブたちは顔を見合わせたが、それからまたロブはおずおずと口を開いた。

「そんじゃあ、一番のはなっからまたお話すればよろしいので……おらが、おかしなものを見た話でよろしいんでございますだな？」

「そうよ、そのおかしなものの話をしてほしいの」

リギアはもういっぺん合図して、自分にも、はちみつ酒のこれは片口に取り分けたのをもってこさせた。女のひとり旅を警戒して、もうずっと酒などは口にしていなかったが、この場合はそれほど問題があるとも思えなかった。

「お前は、おかしなものを見た、そのあとにも前にもおかしなことがいろいろあった、といっていたのね。その話をききたいの。そのおかしなものは、どうやら妖怪変化のようだったといっていたわね」

「さようでごぜえますだ」

ロブはうなづいた。

「おらが、山でとった毛皮をなめして、それを売りさばきにマロの町へ出かけた途中のことでございました。ご存じのとおりマロの町は自由国境の東の、サラミスからエルファにむかう、サラミス寄りの街道筋にある町でごせえます。……おらは日頃は、たくさん毛皮がとれたときにはエルファかサラミスへいって商売するんでございますが、いまはどうもエルファじゃあ、ダーナムのいくさに近すぎるし、サラミスに下手に顔を出すと、サラミス公様に兵隊にとられるかもしんねえ、と皆が云いますんで、おらは大事をとってあまり大けな町には近づかないよう、マロの町にゆくことにしたんでごぜえます。マロの町は、おらがいつもなら冬だけ毛皮を売りにゆくことにしてる小せえ町でごぜえますんで。……で、おらは、毛皮の荷をロバにつんで、旧道づたいに山に入ったんでごぜえますが……」

ロブはあの奇妙な体験を思い出して首をすくめた。

それはじっさい、奇妙な体験としかいいようがなかった。——パロといえど広い。いま、クリスタルの、それもクリスタル・パレスでこそ、さまざまな怪異が宮中をおおいつくし、人々はこのさきパロがどうなってゆくことかと怯えてもいるが、こんな田舎の、自由国境も近いような山のなかの村とあっては、そんな話はとうてい伝わってこない。

それどころか、パロの国内がまっぷたつに割れて、同胞どうしの血で血を洗ういくさがはじまっているのだ、などという話も、ここにはほとんど知られていないようだ。この当時、ニュースを知るためには、旅人からのうわさをきくか、あるいは早飛脚から情報を得るしかないし、大都市からの幹線街道ならばともかく、こんなに主街道筋をはずれた古い、見捨てられたような山村の旧街道とあっては、それこそ、情報を得るためのどんな手段もその村の周辺で日常生活を送っているかぎりはありえないのである。それに、いくさがはじまってからはたぶんこのような山村でも、ずいぶんと、旅してくる者の数さえも減っているはずだ——それはリギアのひそかに思ったことであったが。

ロブの話というのはこうであった。とった獣の毛皮をなめして町々にもってゆき、それを売ってたつきをたてている猟師のロブは、《二つのパロ》の内戦がどのような展開を見せているのかも知るよしもなく——これはもちろん、リギアが思ったことであって、ロブがいったことばではなかったのだが——その日も、泊まりがけで国境近いマロの町へいって毛皮を売るべく、とりだめしておいたかなりたくさんの毛皮を大きな荷物にして背中に背負い、途中での弁当をつかえるようにとかたやきパンと干し肉と飲み物の水筒も持参して、あまりひとも通らない旧道を山のなかにわけいったのであった。もともとロブのすまうダウンの村も山の中、マロの町も山のなか、山また山を越えてゆく、平地の多いパロには珍しい国境近くの山岳地帯である。マロはロブのいうとおり、サラミスからエルファへの外街道を、途中から自由国境のほうへまがってゆくさらに寂しい旧街道との分岐あたりにある、小さな人口二、三千人ほどしかない町であった。山の猟師であるロブは健脚で、マロのみならずサラミスへもエルファへも、とてもいい毛皮や珍しい種類のものがとれたときには高く売るためにはるばるクリスタルまでへも売りにゆくようなことさえもあったので、マロの町はまず、彼の行動半径としては一番近いほうの部類であった。

マロにむかう旧道はこのところもうすっかりさびれているが、猟師であるロブはべつだん追い剝ぎや山の盗賊をおそれるいわれもない。むしろ、ロブ自体がどちらかといえばそちらの仲間のようなものなのだ——と、これもリギアのひそかに考えたことであったが——それで、ロブは、寂しい旧道をおそれげもなくひとりですたすたと山をのぼっていった。

が、この日はロブは驚かされることになった。突然、何の前触れもなく、目の前に奇怪きわまりないものが出現したのである。それは、髪の毛がぼうぼうと火がついて燃えているすっぱだかの白いからだの男で、泣きわめきながら、長い長い髪の毛のはじっこにまださかんに燃えている火を消そうともせずに、ロブに気づきもせず――あるいは気づいても気にとめようともせずに、ロブの目のまえをかけぬけていってしまったのだが、そのさい、「そのバケモンは、からだが宙に一タールくらい浮いて宙を走っていたんだあよ。しかもそのあとから、どでけえ大血吸い虫《クローラー》の化物みてえな怪物が、くわっとでっけえ口をあいてそのなまっちろいすっぽんぽんの化物のあとを追っかけてまたきたじゃあねえか」というのであった。

　むろんロブは腰を抜かしてしまったが、かれらはその追いかけっこにとても忙しかったらしく、どちらもロブには目もくれずに――それはロブにとってはとても幸いなことであったのだが――どんどん走っていってしまった。まるで、伝説の奇妙な化物どうしのあらそいを目のあたりにしたここちで、ロブはしばらく茫然としていたが、それからたちまち猛烈に恐しくなって、ロブにいわせれば「あんまりたまげたもんでめくらめっぽう、方向もわからずにむちゃくちゃ突っ走って、気がついたら、てめえがどこにいるかもわかんなくなってたんだ」。つまりは、道を見失ったのであった。

　といっても山道であるから街道をたどっているかぎりはそれほどに、めちゃめちゃに道を間違いようもない。ただ、ロブは、もうマロの方向に走っているのか、それともその反対なのか、それがすっかりわからなくなっていることに、立ち止まったときにようように気づいたのであった。

生憎とあたりは旧街道、どこにも家もなければ人影もなく、また道標もたっているような場所ではない。ただ、くずれかけた赤レンガが、あちこちに残っていてこれがただの山道ではなくて昔はほそぼそとながら赤い街道だったのだと知らせているばかり、ここがそのどのあたりかということを教えてくれる目標になりそうなものもなんにもない。どうせこのへんの山の中は、どこもかしこも似たりよったりで、さしも山に詳しい山住みのロブといえども、いったん目標と方向を見失ってしまうとなかなかに大変なのである。

しかし「でもおらはあわてなかったね。とにかく、ルアーの神さんが見えさえすりゃあ、いずれはどっちが西か東かくれえはわかるって寸法だからな」――というわけで、ロブは、ちょうどそのとき太陽も雲に隠れていたので、ちょっと思案してから、まずはゆっくりと太陽が出るまでまとうと、そのへんの木の根方に腰をおろして、とりあえず弁当をつかうことにしたのであった。さいわい、しっかりと荷造りしてあったし、これこそいのちより大切とばかり、その荷物の背負いひもはしっかりと握りしめたまま走ったので、ロブの大事な毛皮のほうはまったくなんともなっていなかったのである。

そこでロブはとりあえず、飲み物を飲み、かたやきパンをゆっくりとかじりとっては味わっていたのだが、そうするうちにこんどは、「いったいこの日はどんなドールの厄日だったんだか、またなんかやってきやがったんだ」──それもこんどは、そんな生やさしいものではなかった。いや、むろん、最初のその化物二つの追っかけっこにも気の毒なロブは魂を宙に飛ばしていたのだが、それはある意味あまりにも幻想的で、あとになって考えれば考えるほどにしみじみと怖くもなりもすれば、あやしみもしただろうが、そのときにはむしろひたすらぽかんとしてしまったのである。それにそれは、ほとんど瞬間的に通り過ぎていってしまったのだった。

だが、今度のはそうではなかった。それはロブのような猟師でも一回や二回は耳にしたことのあるような物音で──つまりは、それはかなりの大軍の軍勢らしいものが、こっちにやってくる気配だったのである。

ロブはぎょっとして、すぐに弁当をたたんで、木陰に隠れ、身をひそめた。絶対にそちらからは見つからないという確信がもてるまで、まわりにみっしりと葉が生い茂った場所を探し、そしてもぐりこんで息をひそめた。しばらくじっとそうしていると、やがて旧道を、激しいひづめの音がいりみだれ、同時に「ウラー！　ウラー！」という規則正しい喚声のようなものがきこえてきて──リギアの耳にとまってはっと彼女の注意をひきつけたのは、実にこのくだりであった──そして、それから、おびただしい数の騎馬の、だがとても中原のものとは思われない──「うんだな、どうみてもあれは草原の騎馬の民としか見えねえんだが、そんなものがこんなパロのへんぴな山の中にいるなんて、あまりにも奇妙だわな」——人相風体の男たちが、こんなさびれて道もがたがたの旧道だというのに実にみごとな騎乗ぶりをみせて、やってきたのである。

ロブはいっそう小さくなってそれをずっと見送っていた。一体何人くらいいたのだか、それはとても数えきれない。ただ、百人や二百人ではなく、いつまでもいつまでも騎馬の進軍が続いているような気さえしたほどだ。もっともこれはロブがなんといっても猟師で、そういうものに馴れていなかったこともあろうし、また、この細い山のなかの旧道では、そうそう横に何列もの隊列を作って粛然とすすむことはできなかったので、いきおい縦に長くだらだらとのびざるを得なかったのだろう。

「そして、その先頭にゃ、黒い頭巾のようなものをまいて、黒いこわそうなヒゲをはやらかして、真っ黒な顔をした黒づくめの、それこそガーガーみてえに真っ黒い男が真っ黒に額のまんなかだけきれえな白い星形のある馬にのり、『ハイッ！　ハイッ！』と馬をあおりながら、ムチをふるっていましただよ。そのうしろに続いてきたのはなんだか、ぼろぎれのかたまりみてえな連中だったなあ。おらは見たとたんにこれは草原の騎馬の民よりほかのもんじゃねえと思ったが、ただわからねえのは、その騎馬の民がなんだってこんなとこにいるんだってことで、それでおらは、これはもしかしてみんな亡霊だったんじゃねえかと思うと無性におそろしくなって」

それで、ロブは大急ぎで、もう毛皮を売るのはあきらめて、とにかく方角のわかるところまで出てから自分の村にかえろうと、騎馬のあやしい一軍のいなくなるのを辛抱づよく待ち受け、すっかりかれらの影も見えなくなってから、茂みから這い出して、それからなんとダウンの村まで歩いてもどるのに二日もかかったのだった。だいぶん見当はずれの方向にむかってかけてしまったのである。

「ということは……」

いくぶんじりじりする心を隠しながらロブのまわりくどい話をきいていたリギアはたまりかねたように口をはさんだ。

「お前がその騎馬の民の軍勢をその山中で見かけたのは、いまから……ええと……」

「そうだな、三日がとこ前ってことになるだかなあ」

ロブは云った。

「そのあと、おらがなんとか家に帰り着いて、その話をするとおふくろはそんなのは縁起でもないからすぐに悪魔祓いの巫女んとこにいってけえといって、となりのユラ村までおらを出してしまったし、それで帰ってきて、それでようやっときょうはアンサの宿屋の酒にありついてるって寸法だからな。やれやれ、なんだか知らねえがひでえ目にあったもんだ」

「三日前……その、軍勢を見た場所というのは、マロの町にむかう旧街道のどこかとしか、特定はできないのね？」

「というか……んだな、まあ、その旧街道のどこかだな。なにせ、おら、あの化物見てから、無我夢中で息の続くかぎり走りまくり、それからひと息いれてそれからまた走っただが、おらあ山歩きが商売だから、山道を走るのはとても馴れてるだから、思いのほかにたくさん走ってしまったようだからな。……ああ、でも、だからたぶん、マロの町じゃなく、どちらかというとサラミスにむかう方向だったんだと思うだよ」

「サラミス街道ということね」

リギアは考えこみながらいった。そして、宿の主人につぼの酒の代金と、馬の世話をしてもらった代価を払い、いますぐ出立するから食料をわけてくれるよう頼んだ。最初は一夜の宿を、といって入ってきたひさびさの旅の客が、話をきくなりまた出発しようとする上に、それはすでに女性であることがわかったので、宿のあるじはしきりと止めた。もうじき日も暮れるし、そうなったら、この旧街道はとてもさびしいから、女性の身ひとりでは、というのである。

「大丈夫よ」

リギアは世にも寂しい微笑をみせた。

「私を襲おうなどという無謀な盗賊はいやしないわ。それに、いたところで私はもういいの。——いっそ、そのまま私も盗賊の一味に加わって流浪と掠奪に毎日を送ってみたいくらいのものだわ」

「あれまあ」

どうやらなにか失意の事情があった人らしい、と察して、宿のあるじはあいまいに云った。そして、ひきとめるのをあきらめた。リギアはロブたちに礼をいって、そして水とかいばをもらい、からだをぬぐってもらって元気よく待っていた愛馬マリンカにまたうちまたがった。フードをひきあげ、またとめひもをとめてしまうと、その下に女性の顔があるとはまったくわからぬ、どこからみてもやさぐれた傭兵の姿がまた出来上がった。

「なんと、疾風みてえにいっちまっただな」

驚いて、それのようすを見送っていたロブがすっかり感心していった。

「ありゃあ女傭兵か。それとも女騎士かわからねえが、よほど腕に自信があるんだな。まあ、無理もねえ、女にしちゃあずいぶんとごついなりもしているし、からだつきもしっかりしとった。いい女なのに、勿体ねえだな」

「そんなことをいってる場合ではなかろうよ」

宿のあるじは笑い出した。

「お前、ロブ、それで、その化物を見たことについては、悪魔祓いのおばばはなんといったんだい。お前の上に何か悪いことが起きる予兆だとか云わなんだのか」

「いや、おばばも、そんな話は生まれてこのかたみたこともきいたこともない、といっていた。そんなすっぱだかの髪の毛の燃えているバケモノを、でけえクロウラーが追いかけてゆくなんて、そんなばかな話はどんな吟遊詩人のサーガにもねえといって笑い飛ばされただけだったよ。まるでおらが嘘か作り話でもしているというみてえに」

ロブは憤慨した。

「いや、俺はロブを信じるぞ」

仲間のサンが云う。

「だってこいつにゃ、そんな手のこんだ話をでっちあげるような知恵はとうていねえだからな。だから、たぶんこいつが見たというからにゃ、こいつはそれを見たんだろうよ。やれやれ、そんな妙なもんが、このあと、このへんの山のなかをうろうろするようになっちまわなけりゃいいが」

「それよりかその騎馬の民らしい軍勢てのは、どこからきて、どこにゆくとこだったんだろうな。……ただ通り過ぎるとこだったというのならかまわねえが、もしもこのあたりを荒らしにきてるんだったらええことだ。——誰かに、ようすを見にゆかせたほうがいいんだろうか」

「いや、もう、そのへんにゃいやしねえよ」

ロブはうけあった。

「それこそ、黒い矢みてえに、どんどん馬をかけさせていただからな。おらとしちゃ、あれは、おおかたサラミスからダネインに下り、大湿原をわたって草原に戻る途中の草原の軍勢だったんだと思うな」

「だが、なんだって草原の軍勢がこんな、パロのさびれたど田舎をうろうろしているんだい。山岳地帯のさ。山岳地帯なんていったら、草原の連中が一番ありがたがらねえようなところじゃねえか」

「それはきっと、だから、その……何か用があったんだと思うよ」

ロブは云った。そしてどうして皆がどっと笑うのかと不思議に思った。

「でもとにかく、おらが嘘をいったわけじゃねえってことは、信じてもらえて助かるよ。……なにしろうちのばばあときたひにゃ、おらが口をひらけば嘘をつくと信じてやがるからな。……おらだって、たまにゃ、本当のことをいうっていうのさ。いや、ばばあがうるさくするから、いや、酒は飲んでねえとか、いや、きょうは早く帰るとか適当なことをいっちまうだけで、べつだんうそなんかつきてえわけじゃねえ。……だが、こんな変なものをつづけざまに見ちまったから、おらはもうすぐ死ぬんだろうなんて、平気でいいやがるあのばばあのほうこそ人でなしだ。てめえの息子をつかまえてから、よくまあそんなひでえことが云えたものだ」

「いいじゃねえか、ロブ」

サンがなだめた。

「おめえはめったにねえほど珍しいものを見たことになる。だから、珍しいもんを経験したやつは、長生きするというからお前も長生きするだろうさ。だがとにかく、その草原の連中なんてものが、このへんをうろうろされたらたまったもんじゃねえな。そういうやつらには、早いとこ、このあたりから立ち去ってほしいね。なにせ、草原の連中といやあ、とてつもなく乱暴で残虐で、おまけに武勇にたけていて、パロの騎士たちじゃあ十人がひとりにかかってもなかなか太刀打ちできないというくらいの評判だからね」

「おお、そいつあとてもけんのんだ」

「けんのんさね。それにしても、もしかしてそれは……」

「なんだ、おやじ。なんか知ってんのか」

「知ってるってほどじゃねえが、前にちらっと、宿に立ち寄った旅商人から、アルゴスを追われた黒太子スカールが、おのれの軍勢をつれてパロに入ってる、っていうようなうわさがあるときかされたことがあったのさ。もしも、それがスカールの軍勢だとしたら……」

こんな田舎のさびれた山のなかのものたちであってさえ、アルゴスの黒太子スカールの勇名くらいは聞き知っている。かれらはなんとなく驚きにうたれて顔を見合わせた。奇妙な沈黙がおちた。それは、おそらくは一生、中原の運命などというものとはかかわりなくこのへんぴな山のなかの村で暮らすかれらが、一瞬かいまみた、中原の運命を左右する巨大な鳥のはばたきへの感慨であった。

2

（スカールさま……）

いっぽう――

愛馬マリンカをいたわりつつ、せっかく足をとめた宿屋を飛び出したリギアは、ふたたび愛馬の馬上の人となりながら、しきりといま得た情報について考えをめぐらしていた。

（間違いない。スカールさまの騎馬の民だ……スカールさまはまだ、中原にいらしたのだわ――パロに……）

そのことはそれほど意外にも思わなかった。神出鬼没のスカールのことであるし、また、もう、いまはスカールには草原に戻る理由も、すべもしだいになくなっているはずである。このあとスカールはどうするのか、どこへゆき、どのように生きてゆこうというのか――それだけが、リギアの最大の懸念であった。

（ナリスさま、お恨みに存じます……スカールさまは、御自分がもう草原へは戻れなくなると……それほど、こんど草原を無断で出てきたら、アルゴスの国王をも、国をも裏切ることになるとご承知の上で、あえてナリスさまにお味方なさろうとしたのに……それほどのお気持ちをさえ、あなたはあっさりとまたしても裏切って……）

あてどもなく放浪の旅をはじめて、これでどのくらいになるのだろう。

だがもう、二度と、ナリスのかたわらにも、ヴァレリウスの顔を見なくてはならぬ場所にもいたいと思わなかった。かれらが何を見ているにせよ、それがどのような大義であり、真実であるにせよ、そこには彼女の理想も夢も真実ももはやない、それがリギアの悟ったことであった。

（あの人たちは、自分たちの見ているもの以外、本当は何も欲しくなどないのだ……）

（だけど、そのために、スカールさまをあんな思いをさせて……酷い人たち……）

くりごと、と思いつつ、馬にゆられてゆくあてもない放浪の旅のあいだには、思うことはそれしかない。明日なき思いはつねに、昨日の失意のなかへ落ちてゆく。

（私は……どこへいって、どうすればいいのだろう）

ナリスがどうなろうと、もう変わることなく一生を捧げている父ルナンとも訣別してきた。もう、リギアには、国もなく、忠誠もなく、家族もない。父はもともとただひとりの肉親であった。母もとうに死んでいる。

（あたしほど、さびしいよるべないものがいるだろうか……）

もともと鍛えた女騎士である。孤独な流浪の旅に身の不安や危険を感じることはまったくなかったが、その分、おのれの境涯のむなしさと寂しさとが身にしみる。思いのゆきつくさきは、ただひたすら、愛するスカールしかなかった。

(スカールさまはもう私など要らないと思われて……それで私をおいて出ていってしまわれたのじゃない。スカールさまは……あたしが、ナリスさまが生きているかぎりはナリスさまのおそばを離れぬと以前にいったのを、いまなお覚えていてくださって——それで、ナリスさまが生きていらしたのなら、私がまた、そのおそばにいることを選ぶだろうと——いえ、私がナリスさまへの忠誠と、スカールさまへの思いとに引き裂かれることのないよう、自ら気をつかって下さったのだわ。……だけど、あたしはもう……)

ものごとには限度というものがある……皮肉な思いで、いくたびとなく、リギアはおのれひとりの夜に考えたものだ。あの人たちはついに私の限度を超えてしまっただけのことだ、と。

ナリスへの情愛も忠誠も、もはやいまとなってはむなしかった。いまだに、それが何の意味もないものになりはてた、とは云えぬ。そういってしまったら、これまでの自分の半生を否定することになってしまう。だが、それを裏切ったのはナリスのほうだ——実の弟とも半身とも思っていのちを捧げて仕えてきたリギアを、これほどにこっぴどくあざむき、その心を踏みにじったのはナリスとヴァレリウスだ——その策略と陰謀によって、かれらは自分の心を殺してしまったのだ——リギアは、そう感じている。

（行こう……もう一度だけ、スカールさまにお目にかかって……いまこそわかりました。もう私はパロに戻ることはありません……それは私のいるべき場所ではありませんでした、そう申し上げるのよ、リギア……）

（もしかしたらもう遅いかもしれない。何もかもあまりにも、遅すぎたかもしれない。スカールさまは……かつて、ひとたび、私があのかたについてゆかぬことを選んだのを、許してくださった——そしてもういちど私を愛してくださった。二度目にも私はあのかたを失望させてしまった。もう、私はあのかたに値しない、とあのかたに思われているかもしれない。だったらそれはそれでしかたがない……でも、もう一度だけお目にかかって、私はいまこそわかりました、私の心のありかはあなたの——草原の鷹の上にだけでした、と申し上げて……それで、私を要らないといわれたらそれはもう、しかたないわね、リギア……なにもこの世界はパロだけではないわ。きっとどこかに、お前のようなものをも受け入れてくれるささやかな片隅があるわ……）

（なんだか、とても疲れた……疲れてしまった）

かつてのあの輝かしい栄光の日々はどこにいってしまったのだろう。

なぜ、こうなってしまったのだろう。自分が何か、ひどく誤ったことをしたのか、それともひどくかたくなででもあったのか、いくら考えてみても、その思いはとけなかった。胸にかたくむすぼれてしこりになったものは、（私は間違ってない。私は何ひとつ悪いことなどしていない。間違っているのはあの人たちだわ！）と激しく叫び続けてやまぬのだった。それはあるいはもはや、《憎悪》とさえもいっていいほどの激しいうらみだったかもしれない。

（あの猟師がサラミスへの山中で見たという軍勢、あれはスカールさまの騎馬の民……その前のその化物というのは何のことかわからないけれども、それはたぶんスカールさまの軍勢とは関係ないことだと思うし……たぶんそれほど重大なことじゃない。化物などそうそう、この文明の中原に出没するものじゃない、きっとおろかな猟師のことだから、何か見慣れぬ獣などをそうやって見間違えたのかもしれない。それとスカールさまの軍勢とはまったく別ものだと思うわ。……スカールさまは、あれから、パロをぬけてたぶん自由国境に出られ——ハイナム側に出られたのでしょうね、そして……でもどうして、パロ領内に戻ってこられたのかしら。それに、サラミスの周辺というのが……）

もう、スカールにとっては、ナリスの神聖パロにはいかなる用もないはずだ。むしろ、それはスカールをあくまでもだましぬいたいまわしい国家となりおおせているはずである。

（スカールさまも……さまよっておいでなのかしら。このあと、草原にも戻れないし……といって、自由国境もこのあたりでは山岳地帯ばかりで、草原の暮らしになれた騎馬の民にとってはとても不自由だし……気にそまぬ風景であることは疑いない。……スカールさまは、どうなさるのだろう……草原といっても……アルゴスにはもう戻らないおつもりで、草原のどこかに御自分の天幕《パオ》をたてられることは可能だけれど、あのかたはもうたぶん……アルゴスのみならず、草原すべてを裏切ってしまったと感じておられる。きっともう、草原の鷹が草原に戻ることはないのかもしれない……）

だとしたら、このあたりの山岳地方を歩き回っているというのは、もしかしてこのへんで山住みの民にでもなるつもりだろうか。

そう考えてみてリギアはその考えをじぶんでうち消した。

（このあたりは狭苦しくてちまちまと山がそびえていてどこにゆくにも、細い山道をたどってゆくような不便なところ……あのかたのさっぱりとおおらかな気性にはきっとまったくあわないわ。……そうね、たぶん……あのかたも、この内乱のなりゆきは少し心にかけられてはいるということなのかもしれない。それがどうなるか、ナリスさまたちの行く末を見届けてから——もう二度とお味方はなさらぬにせよ——おのれとおのれの部の民の身のふりかたを決めようということかしら）

だったら、いまがさいごの好機に違いない。スカールの軍勢においつき、行動をともにさせてもらうさいごの機会であるのかもしれないのだ。

（スカールさまを探さなくては……）

もともと、あてもなく旅に出たとはいえ、心のどこかはずっとスカールの面影を求めていた。そもそもう、ナリスの死をきいてスカールに草原にともなってくれと申し出たのは彼女のほうだ。

それが、佯死であったと知らされたスカールが、リギアを置き去りにして出ていってしまったのだ。だが、リギアはもし、スカールが自分の目覚めるまで待っていてくれたとしたら、いまごろ自分はスカールとともにこの山中をさまよって、放浪の身であってもいまとは比べ物にならぬほど幸せだっただろうと感じていた。

(私のいる場所はもう、スカールさまのおいでになるところだけ……)

心のはやるのをおさえながらリギアは山道に分け入ってゆく。少なくとも、この情報は、スカールらしい軍勢をみた、という、ナリスのもとから飛び出してからリギアがはじめて得た手がかりらしいものであった。スカールがこのあたりにまだとどまっているのであれば、またどこかで情報が得られないものでもない。そうやって、じりじりとスカールに近づいてゆけば、いつかは――と、リギアは思っている。

(風よ……私をスカールさまのもとに連れていって……)

リギアは、祈るように思った。愛馬マリンカはあるじの心を知ってか知らずか、たゆみなく、おそれげもなく、しだいに暮れてゆく山道を歩みつづけている。眼下にひろがる美しい、さびしい山中の風景もリギアの目には入らなかった。彼女はひたすら、スカールの息吹を感じ取ろう、そのにおいをかぎあてようと、すべての神経をこらしてスカールを求めながら、馬の背にゆられていたのだった。

＊

あちこちに――

さまざまな風が、ようやくいま、吹き渡りはじめているかに見える。

ひっそりとつねに湖水の奥にしずまり、その外でどのような騒擾があろうとも、その離宮の奥はつねにしずまりかえっているばかりかとひとびとに思わせていた、ここマルガでも――

「アル・ジェニウス」

小姓頭のカイが入ってきたとき、そのおもては、いつも冷静なカイにしてはおさえきれぬ興奮をたたえ、その目は微かに潤んでいるように見えた。

「お目ざめでございますか――？」

「ああ」

大きな天蓋に守られた寝台の上から、ひそやかないらえが返ってくる。かすれて、しやがれた――だがひところよりも、よほどはっきりときこえるようになった声だ。

「ただいま……ただいま、リンダ王妃陛下が、サラミスから……ご到着になられましてございます！　ただいま、離宮の外、湖畔のマルガの町のさらに外に護衛の兵ともどもおとどまりになり、陛下からのご命令をお待ちになっておられるところだと、たったいま、マルガ守護隊からご報告が参りました！」

「おお」

カイがどのような反応を予期していたにせよ、それをつねに上回るのが、神聖パロの初代国王、アルド・ナリスの特徴であったかもしれぬ。

「思ったより、早かったね。——それでは、いずれなるべく早く使いをやって、こののちどうしたらよいかを告げるゆえ、しばらくそこでゆるりと旅の疲れをとりつつ私の使者を待っているように伝えてくれないか」

「あ、あの……」

カイは明らかに、久々の愛し合う夫婦の再会——しかも、おそるべきクリスタル・パレスの罠から脱出してのリンダのマルガ到着について、もっと何か劇的な感動や感激が口にされるものと思っていたようだった。いくぶん、肩すかしにあったかっこうで、だが、それもいうなればナリスらしい用心深さ、というべきか、と思い返したらしく、そのまま丁重に礼をして、室を急ぎ足に出てゆく。

ナリスは、ゆっくりと、天井のあたりに目をさまよわせた。何を思うものか、はかりしれぬ、ふしぎな表情であった。

もう、あれだけの経験を経てきて、このようなからだになったものとしては、さほど、変わりようもないのかもしれぬ。これ以上やせ細ることはできまいと思うほど肉が落ちて、かろうじてもとの骨の細さゆえに生ける骸骨のようになってしまうことをまぬかれている、その白いゆったりとした夜着をまとったからだは、クッションをかっていくぶん上体をおこした状態で、大きなベッドのまんなかにひっそりと埋もれている。

そのおもては、しずかで、そしてもう、何ごとにも動じることをやめてしまったひとのように、ひっそりとおだやかであった。

「ナリスさま……」

ふいに、ふわりと、空中に黒いしみがあらわれ、それがひとのかたちをとった。

「ヴァレリウス……?」

「はい」

神聖パロの魔道師宰相ヴァレリウスは、空中からそっと床におりたつと、黒い魔道師のマントの宰相らしからぬすがたで、丁重に国王への礼をする。

「リンダ陛下が、マルガの町にご到着になられ、陛下からのお使者をお待ちになっておりますす」

「わかっている、いま、カイがそう云いにきたよ」

「すぐに、お会いになられますので?——すぐに、リンダさまをこの離宮に?」

「そうね……」

「前に、申し上げましたとおり」

ヴァレリウスはいくぶんいいにくそうに云った。

「ご夫婦の、感動的なご再会を決して、さまたげるようなことはいたしたくございませんが……やはりわたくしといたしましては、その……あまりにも、敵方のことを考えたとき……いかにケイロニアの英雄グインといえど、単身……つまり、グインひとりであの厳重に警備され……魔道師どもでさえ近づくことあたわぬクリスタル・パレスから、リンダ陛下を助け出してくるなどということが、可能なのかどうかということには、非常に……疑問とせざるを得ませんで……」

「わかっている。だから、私もただちにリンダのマルガ入りを許可せずに、いったんサラミスにとどまらせたのだよ」

「しかし、それでもまだ充分すぎるほどに早く、マルガ入りをお許しなさいました」

ヴァレリウスの表情は固かった。そのおもてには、敬愛する国王の最愛の伴侶の無事の救出を喜ぶ色よりははるかに、深い懸念の色のほうが濃かった。

「私は……どうしても、おのれがクリスタル・パレスに、不覚にもとらわれていたときの経験を忘れるわけに参りません。――キタイの竜王は私にこっそりとかの《魔の胞子》を植え込んでわたくしを思いのままにあやつれる傀儡人形に仕立てあげようとし、もう少しでそれに成功するところでした。……それと同様にして、かの竜王はオヴィディウス、リーナスなど数々のパロの忠誠な将たちを次々とおのれの傀儡に——あるいはそれよりもさらに悪い、ゾンビーに仕立て上げました。……私は、リンダさまが……ご無事に御自分の意志でクリスタル・パレスを脱出されてきたことを、決して疑うものではございませんが……それはむろんまた、ケイロニアの英雄グインという、尋常ならぬ人物がひかえていることでございますし——それについては何の疑惑ももってはおりませんが……しかし、相手が相手であるだけに……」

「だがお前は、サラミスまで迎えにいって、とりあえずリンダは大丈夫のようだと確信したから、リンダがマルガに戻ってきてもよいと断を下したのだろう？　お前自身の目で確かめて」

「当面は……私のつたない魔道で見たかぎりでは……確かに、リンダさまは何も異変がおありのようには思われません。……それに、グイン王のことはちょっとでも早く……結論を出し、またグイン王にわが神聖パロの味方をしてもらえるよう、話を締結しなくてはならぬと思いましたゆえに……とにかくいったん、私がサラミスにおもむくためにも——いま私がマルガをあけられるためにも、せめてもう少々の兵力がないとどうにもなりませんから……しかし——」

ヴァレリウスは歯切れが悪い。ナリスは、かすかに笑って、いくぶん皮肉っぽくヴァレリウスのほうに顔をむけた。

「つまり、お前は……リンダがサラミスにとどまっていてくれて、グインがこちらにきてくれたほうがよかったと、そういいたいんだろう」

「そうは申しません。グイン王がご一緒なら、リンダさまがお戻りになっても――それはそれで士気には非常に影響いたしますし――事実、リンダ陛下のご無事と救出と、そしてマルガご帰還の知らせをきいて、わが軍の士気はきわめてあがっております。そのことは確かです」

「じゃあ……」

「それゆえ、私としては……そのような私の疑心暗鬼を、わが軍の将兵にもまた、けどられるわけには参りませんので」

ヴァレリウスは暗鬱な表情でいった。

「私の魔力では……残念ながら、私の魔力ではあの竜王の魔力には遠く及びません。私の魔力で大丈夫と診断したところで、それは……私が自分自身のことさえわからなかったことを考えれば、あまりにも不安です。……しかし、魔道の王国とは申せ、一般の将兵にとっては、魔道はそこまでは身近とは申せません。まして……パロでよく知られた白魔道ならばまだしも、えたいのしれぬキタイの黒魔道とあっては……もしも、そのようなものの脅威が、リンダさまとともにこのマルガの内側深く入り込んでしまったかもしれぬ、といううわさが流れでもしようものなら、ただでさえ劣勢に動揺しがちなわが軍の将兵の士気はどん底まで落ち、かれらは疑心暗鬼で自滅してしまいかねないでしょう」

「そこまで、わが神聖パロの兵士たちは精神力が弱いかな。私は、もうちょっとはかれらのことを信じているのだがね、ヴァレリウス」

「そのような危険をおかすわけには参りませんよ、もしもそうであったとしたところで」

仏頂面でヴァレリウスは答えた。

「これは認めます……どういうものか、ケイロニア王グインに関するかぎりは、さしもうたぐりぶかい私もそのような懸念は感じません。ひとつには、私がかつてあの人に会っている、ということもあるのでしょうし、また、あの英雄は外見といい立ち居振る舞いといい、すべてがあまりにも独自すぎて、とうていまねられるようなものでもないし、またたとえキタイの竜王といえど、とうてい彼を取り込むことなどは不可能だろうと信じられるからなのでしょうが……リンダさまとなると……」

「まあね、彼女はたとえパロ聖王家の巫女姫とはいえ、それはすなわち魔道に対しての正しい訓練や知識を持っているということにはならないのだし——何よりも、あまりにも長いことクリスタル・パレスに人質としてとらわれていすぎた。そのあいだに、あちら側が、彼女に知らせずにいろいろな工作をほどこすひまは、いやというほどあっただろうしね……それは認めるよ」

「だからといって、せっかく無事にお帰りになったことでわれわれの味方と版図がみな歓喜にわきたっているリンダさまをあまり長い期間、マルガに入れずにおいておくわけには参りません」

ヴァレリウスは首をふった。

「また、これはむしろささいなことですが、リンダさまを我々がそのように疑惑をもっている、ということ自体をクリスタル・パレスに知られたくもありません。それしだいではあちらはただちに、我々のその疑惑をいっそうかきたて、リンダさまと我々のあいだにひびをいらせ、引き裂くような工作をしかけてくることもできるでしょう。——とにかく、サラミスでの短いご面会だけでは私にはなんとも判断がつかなかったので、ともかく先に戻ってナリスさまにご報告、ご相談を申し上げ、その上で陛下のご判断を仰ごうという——責任逃れのようですが、私にはそれしか思いつきませんでした。……なにしろ、陛下のお后様のことですから……それに——」

「………」

「昨日ご報告申し上げたあのスカール殿下の一件のこともございますし……」

「ああ。あれ」

「スカール殿下はいったん、あののち兵を自らおさめられ、ゴーラ兵たちがイシュトヴァーン王を見失って動揺しているすきに、とっとと兵をまとめてまたしても山岳地帯のほうへ――ということはサラミスのほうへ、去ってゆかれたということはご報告申し上げたと思います。あえてどこに向かわれたかについては、私は深追いせずに帰ってまいりました、一応斥候はつけてはおきましたが。……が、イシュトヴァーン王がどうなったのかについてはその後ゴーラ軍のなかには何の動きもありませんし、おそらくはイシュトヴァーン王はまだ戻ってきていないのではないかと思われます。……その戻りかたしだいでは、このゴーラ遠征軍がどのような行動に出るかもわかりませんし――万一にも、これはまあまずないとは思いますがこのままイシュトヴァーン王が――たとえば谷川に落ちて打ち所悪く不慮の死をとげたりしていたのであったとしたら、ゴーラ軍としては、それを発見しだい、まずすることは、そのことを諸方にひたかくしにして、イシュトヴァーン王が健在なようによそおいつつ極力早くパロ領内を――どちらのパロにせよ――脱出し、ゴーラに戻ろうとすることだろうと思いますし」

「そう簡単にイシュトヴァーンは死なないよ」

夢見るようにナリスはいった。その、血の気のない青白い人形めいたおもてを、ヴァレリウスはちょっとくやしそうににらみつけた。

「残念ながら私もそのようには思いますが。……そこでいっそ、死んでいてくれれば、話は早かったではないかと思いもするのですが。しかし、それはそれ、ともかくゴーラ軍という不確定因子がこれほど近くに存在している以上、マルガとしても、同時に内と外から攪乱されることになるような危険はおかすわけに参りません。リンダさまに万一にも、キタイ王の魔の胞子が植え込まれていれば、リンダさまはいつでも、御自分では意識することなく、内側から、マルガを崩壊させ、ナリスさまを敵方に引き渡してしまうことができるわけです」

沈黙が落ちた。

ナリスは、何もあえて反論しようとも、といって賛成しようともせぬまま、黙然と白い顔をヴァレリウスのほうにむけていた。そのおもては、相変わらず、すべての感情生活を失ってしまったひとのように遠かった。

3

「だが、一方ではグイン王にはとにかく早く力を貸してもらうべく、ナリスさまとのご対面を設定しなくてはなりません。――我々の陣営の衰弱はかなり切実になり、懸命に士気をおとすまいとしてはいるものの、いよいよレムス軍が総力をあげて動き出すように、マルガでは、いよいよ決定的な敗戦が近いのかという恐怖を皆が抱いております。――このところ、われわれに有利な知らせというのはカラヴィア軍が動き出したというものだけで――いや、リンダさまの脱出も、グイン王のサラミス到着も、それなりに有利の材料ではありますが、私はいま申し上げたとおりリンダさまについてはそういう懸念、これが敵方の決定的な、致命的な罠ではないかという懸念を抱いておりますし、グイン王については、まだ彼の最終的な『神聖パロに味方し、兵をそのために貸す』というこことばをきいているわけではありません。――そして、ゴーラ軍はまたこの昨今の情勢の変化によって、どう動くかがいちだんと読めなくなりつつあります。……もしも何かの情勢の変化ないし、イシュトヴァーンかそれにかわったゴーラ軍の指揮者の決断によって、ゴーラ軍がいま現在マルガを襲ってきたとしたら、われらはもはや救われるすべはありませんし……レムス軍が、マルガへ下ってきたとして、グイン軍の援軍をとりつけられねば、これまたわれらの全滅は確実です。……じっさい、なぜ、マルガの将兵が脱走もせずにとどまっていてくれるかといえば、それはかれら――主としてカレニアの兵たちの忠誠が、本当にたぐいまれなほどあつくかたいからというだけでしかありません。私としては、いまこそが我々の反乱の正念場であり、この数日がこのたたかいの本当の山場であるとしか思えないのです」

「……」

「また、何もかもがいっぺんに起こっていますから……イシュトヴァーンとスカール軍の戦い、スカール軍の再びの移動、イシュトヴァーンの失踪、グイン王とリンダさまのサラミス到着とそれにつづくリンダさまのマルガへのご到着――レムス軍の出兵とカラヴィア軍の動きだし」

数え上げて、ヴァレリウスは憂鬱そうに首をふった。

「どれがどう動くか、ちょっとでも私たちが読み間違えて兵を動かしたり、あるいは動かさなかったりしたら――ちょっとでも失策をしたら、それがいのちとりになるという情勢になってきてしまいました。どんなことでもありえますし、どんなふうに展開する可能性もあります。……この数日というものはそれこそ私は、剣の刃先の上にでも寝ているような心持ちですよ。魔道の修業で、そうするものがあるのですが」

「でも、リンダとは会わないわけにはゆかないといったのもお前だろう、ヴァレリウス」

ナリスはヴァレリウスの長広舌をきいていてから、ゆっくりと云った。

「私がすぐにもリンダをマルガの離宮に、と云わなかったというだけでも、すでに小姓たちの疑惑というか、当惑は招いていると思うよ。……今夜くらいは、あれこれと準備をするということでごまかしおおせても、あすになってなお、リンダをマルガの町の外にとどまらせておいたら、それこそマルガの将兵たちはざわざわとしはじめてしまうだろう。今夜をリンダに、離宮の外で野営させることさえも本当はもってのほかで……ということは、いま、何時ごろなの、ヴァレリウス」

「あと、二ザンほどでイリスの一点鐘が鳴るような頃合いでしょう。日没まで、一ザン半から二ザンということで」

「ということは、あと二ザンのうちには、腹を決めなくてはいけないということだね、ヴァレリウス」

「そうですね……でも、決めるといったところで、ただ……」

ヴァレリウスは腹立たしげに、

「どちらにせよ、そのままにしておく、という選択が出来ぬ以上、腹をくってリンダさまに離宮にお入りいただくようお使者を出す、というだけのことですが。……あとはもう、リンダさまが万一《魔の胞子》を植え付けられていたとしても極力害の少ないよう、こちらで手をうつと同時に、なるべく早くグイン王にマルガにいらしていただけるよう働きかけるというだけですが」

「グインはサラミスにとどまっている」

うたうようにナリスはいった。

「どうして、グインは、リンダとともにマルガにやってきて、湖畔で野営することを避けたのだろうな。どうして、彼はサラミスで歩みをとめたのだろう。——後続の大軍がたしか、続けてサラミス街道を南下していると、お前は云っていたね、ヴァレリウス」

「ふたてにわかれた軍勢が総勢二万五千、はじめの一万は金犬将軍ゼノンがひきいてすでにグイン王の護衛のため、シュクの先で合流してともにサラミスに下ってきております。後続はワルスタット選帝侯ディモスの指揮で一万五千、これはワルスタット選帝侯騎士団も含む混成部隊で、やや距離が開いておりますが、現在もうエルファをこえてイラス平野を南下しており、あと一両日もあればサラミスに入るだろうということです。グインはサラミスにとどまる理由として、マルガとの外交交渉が締結してからあらためてマルガ入りしたい、という意向と、同時にその、ワルスタット侯の軍勢と合流待ちであある、というのをあげております」

「現在世界最高の英雄であるケイロニア王グインがみずからじきじき率いる、ケイロニアの精鋭騎士団二万五千」

ナリスはつぶやくようにいった。

「これは、強力だな。……たとえ、ゴーラ軍が数ではケイロニア軍を凌駕していようと――負ける気がしない、だろうね。レムス軍はグイン軍には手出しせぬ意向のつもりのようだとお前はいっていたが」

「レムス王はおそらく、クリスタルにあまり遠くないシュク界隈にグイン王がとどまっているあいだに、グイン王となんらかの接触をもったのだと思います」

ヴァレリウスは云った。

「その結果、グイン王はクリスタル・パレスに単身潜入して、リンダ陛下を救出してくるという冒険に乗り出した。……おそらくは、レムス王側に対してなんらかの弱みをつかんだか、相手の力を把握したのではないでしょうか、先日、サラミスに私が訪れたときには、グイン王はそこまで詳しくは語って下さらなかったのですが。ただ、いずれにせよ自分はナリス陛下と会見にきたのであり、最終的なケイロニアの処遇については、その会見後にお話したい、といっておられました。――しかしいずれにもせよ、グイン王が九割まで、我々についてくれるつもりになっているのは、確かではあるのですが……」

「みかけによらず慎重な人だという話もきいたことはある」

ナリスは考えに沈みながら、

「いずれにせよ、もうサラミスにいるということは、いざ何かことがあれば二日かかればマルガにつけるということだ。……ということは、リンダをマルガの離宮に迎え入れて、もし最悪の事態がおこり——それがキタイの竜王の陰謀であって、リンダがマルガに入ることで何かの危機がマルガに訪れたところで、二日、もちこたえられれば、グインの助力をあてにできるということだね。最終的な交渉の妥結ができたあとは」

「ただ、そのためには、とにかくまず一度、グイン王とアル・ジェニウスにお会いいただかなくてはならないとは思いますが……それまでリンダさまをマルガ離宮に入れないでおくわけには参りませんね」

ヴァレリウスは云った。ナリスはうなづいた。

「それに、考えてみると、もしもわれわれの案じているような陰謀がたくらまれていたとしたら、それは、リンダがマルガに入ろうと入るまいと——町のそとに野営していようと同じことだよ。だったら、もう、腹をくってしまったほうがいい。リンダにただちに離宮にくるように使いを出そう。同時に、サラミスのグイン王に、私との会見の条件について詰めてもらおう」

「それはよろしいのですが、リンダさまが離宮にお入りになったあとは、私はサラミスへはもう動きたくないのです。私くらいの魔力でも多少は、キタイ王の魔力への防御にはなるかもしれませんからね。……といって、グイン王にも直接私が働きかけたほうが——そもそも、ほかのもののことばをグイン王がきくだろうと思えないですし。そう考えると、ひとつだけ気になるのが、リンダさまがどうして、こちらからマルガにこいといってあげるのを待たれずに、こんなにあわただしくマルガにこられてしまったのかということですね。……もちろん、ご夫婦の情と考えれば、それは当然のことではあるのですが、しかし——」

「お前は意地悪だね、ヴァレリウス。……だが、もうそういっていたところでしかたがない。とにかく、運を天にまかせよう。もうどのみち、このしばらくのあいだにいやというほど、運を天にまかせつづけてきたんだから、私たちは。……どうしたの、カイ」

「失礼いたします」

かるいノックの音をさせて、入ってきたカイは、そこに、ヴァレリウスがいるのをみてももう驚かなかった。魔道師宰相が、魔道の力をつかって、正面玄関や扉を使わずに国王の居室に出入りするのには、カイだけは馴れっこになっていたのだ。

「ヨナ先生がお目にかかりたいとおいでになっておられます」

「ヨナが？　いいとも、すぐに通って貰って。いつになく、他人行儀なことをいう」

「このところ、ナリスさまが前よりずっとお加減がよいようなのが、このようにあわただしく事態が動き出すにさいしての唯一の心丈夫な点ですが」

　ヴァレリウスはつぶやいた。

「それにしても、何かがいよいよ動きだそうとしている、という感じですね。……ヨナ先生がもしも私にかわって、サラミスにいってきてくれるという申し出で来てくれたというのならそれがたぶん――」

「ヴァレリウスさまもおいででしたか」

　入ってきた参謀長のヨナは、これもまた、ヴァレリウスのすがたをみても驚くようすもなかった。

「ちょうどよろしゅうございました。……いまさっき、イシュトヴァーン王がゴーラ軍に合流したという知らせをきき、ご相談いたしたいことがありましたので……」

「イシュトヴァーン王がゴーラに合流した？」

　ヴァレリウスがするどくいった。

「それはまだ、きいてなかった」

「たったいまですよ、斥候が報告に参りましたのが」

　ヨナは云った。

「ほんとに、アル・ジェニウスのお部屋にご報告にあがろうとしている斥候をつかまえて、その話をきいたのでではは私がもってゆこうとひきとったくらいだったのです。……

イシュトヴァーンはいったいどうしていたのか、スカールとの死闘のあと、半日、いやまる一日近く、消息がなかったようですね。それがまた、いつのまにかゴーラ軍のなかにあらわれていた。なんとなく妙な気もしますが——相手がキタイの竜王であるだけに、またしても何かこんどはイシュトヴァーンにかかわってたくらんだことでもあるのだろうかと気になってしまうのですが、しかしそれで、ゴーラ軍のほうはいったん、イシュトヴァーン王が負傷したということで、兵をひいて、南イラス川ぞいのエラートの村の郊外に、やや長期の滞在用の陣をしいたということです。これも同じその斥候がもってきた報告ですが。のちほど当人からご確認になって下さい、当人も控えの間に待っておりますから。——イシュトヴァーンはどうやらスカール殿下とのたたかいで負傷したようで、さしたる負傷ではないようですが、二、三日ゴーラ軍としては大事をとって王を静養させたいようです。……とすれば、いまが好機ではないかと思ったので、いそぎこのように」

「というと」

「私がサラミスにいってまいりましょうか。それとも、私はイシュトヴァーンに会うためにエラートにいってくるということもありうるかと思うのですが」

ヨナは思慮深い目をヴァレリウスとナリスに交互にむけながら、

「ヴァレリウスさまは、いま非常にマルガをあけにくい状況におなりと思います。イシュトヴァーン王の真意もしかし、本当にそろそろはっきりと探り出さねば――というよりもそろそろ、我々マルガの意向をゴーラ軍に知らしめないわけにはゆきません。おとなしく兵をひいてパロから撤退してくれるよう、私が交渉してくるというのもありだと思ったのですが」

「ああ、ヨナ先生は、イシュトヴァーンとは旧知の仲だといっておられたから」

ヴァレリウスは云った。

「だが、そうしたら……マルガの守りは……」

「とりあえずダルカン老も引き上げておいでになりますし、ローリウス伯爵とランとでなんとか……数日ならば」

ヨナはよくよく考えたあとらしく、よどみなく云った。

「どちらにせよ私は武人ではありませんから、マルガの守護のためにはあまり役にたちません。……弁舌に自信があるわけではありませんが、旧知だけに、イシュトヴァーンをなら説得できると思います。……イシュトヴァーンをとりあえず、ゴーラ軍をひきいて、この内乱から手をひき、ゴーラに戻るようしむけるべき時期にきたと思うのですがいかがでしょうか。……そして、ヴァレリウスさまは」

「私は？」

「リンダさまとナリスさまがおあいになってから、リンダさまを同道されて、サラミスへ」

「え」

一瞬、ヴァレリウスは意表をつかれた顔をした。

それから、いきなり、そのおもてに、明るいものがうかびあがってきた。

「なんと、そうか」

ヴァレリウスは手を打った。

「それに気づかなかった。――やはり、あなたは知恵者だな、さすが参謀長だ。なるほど、リンダさまをマルガにおいてゆくことばかり私は考えていたが、ご面倒でも、ご説得の手伝いをということで、リンダさまには、ナリスさまの名代としてまたサラミスにいっていただければいいのか。それならば、グインとの会見を設定するにもつねに私がその場にいられる」

「リンダさまが、キタイ王の魔道によって、御自分では意識されなくていても、《魔胞子》を植え付けられて、マルガのため、ナリスさまのために敵対するような行動をとってしまうことを、ヴァレリウスさまも、アル・ジェニウスもご心配になっておられると思うのですが」

明敏なところをみせて、ヨナはいった。

「さきほど、リンダ陛下を湖畔にしばらくお待たせになっているときききましたので、おそらくはそうだろうと。――でも、ヴァレリウス宰相がおいでになれば、リンダさまがもし万一黒魔道の術をかけられているとしても、あるていどはおさえることがお出来になるのでしょう。あるていどで充分ですよ……でも、このままですと、マルガの味方の軍のものたちが不安に思い始めています。そうでなくても……」

ヨナはちょっと苦笑して付け加えた。

「魔道師のかたたちのお考えになることというのは、とかくわかりにくい、といって、魔道とかかわりのない将兵たちには不安をつのらせやすいのですよ。私などは、学者ですけれど魔道師ではないですから、隊長たちと話をしますし、ランと親しいので、ランを通じて兵士たちのようすがけっこう聞けるのですが……マルガにお戻りになってからの、ナリスさまとヴァレリウスさまの動きについて、兵士たちは、よく理解できず、このののち、自分たちがどうすればいいのかもいまひとつよくわからなくてかなり浮き足だっているように思います。ここで、リンダさまについて納得のゆかぬ動きをあまり示されると――ますますその気持をつのらせてしまう結果になるかもしれません。リンダさまについては、本当に、みな非常に崇拝していますし、ほかの王族、武将などとはまったく違う感情をいだいておりますから」

「そうだな」

ナリスはうなづいた。

「ヨナのいうとおりだ。では、すぐにリンダをマルガの離宮に——呼び寄せる用意がとのったから、とふれて、ともかくもまずは——ここに連れてくるようにさせてくれないか、ヴァレリウス——それに私はひとつだけ確信しているが、もしもリンダがおのれは知らずして、《魔の胞子》などを植え込まれていることがあったとしたところで、彼女もまたパロ聖王家の誇りある巫女姫だ。おのれに異常があれば必ず気づく——そして、それ以上に、彼女が私を裏切ることは決してありえないだろう、というのは——私は、私自身が私を裏切る可能性以上にありえないとかたく信じているのだよ。これだけは確かだ」

そのような逡巡とやりとりが、おのれの到着についてかわされたことについては——ついに、リンダは知るよしもなかった。

ただ、マルガ離宮に入ることをいったん待たされて、町はずれの森のあいだの小さな別埜で待っているよう命じられたことに、もしかして、ナリスの上になにか、非常によくない症状の悪化でもあって、それで自分がすぐにマルガに入ることがナリスのためにならぬと側近のものたちが結論したのではないか、と小さな胸を不安にいためていただけである。

あれやこれやとよくないことを想像して、不安に胸をとどろかせていたので、ようやく迎えがきてマルガの離宮に入ることになったときも、すでに、それが待ち焦がれていた最愛の夫との、あまりにもさまざまな迂余曲折あってののちの劇的な再会なのだ、という感動よりも、激しい不安と恐怖のほうがはるかに強くなっていた。それで、リンダのマルガの離宮入りは、きわめてしずかな、ひそやかなものとなった。

それでもやはり、さしむけられた用意の馬車がマルガの離宮の見慣れた、少しもかわっていない美しい前庭にさしかかり、訓練のゆきとどいた馬たちがだく足でひいてゆく馬車の窓から、美しいリリア湖の懐かしい風景を見下ろしたとき、リンダの胸はいっぱいになった。もともとは、こんな長い困難にみちた別離になろうとは思ってもみなかった彼女であった――そもそもは、夫のためにクリスタル・パレスを訪れ、アドリアンをともなって長逗留のつもりもなくパレスに入って、そして国王に謁見のためと称して呼び寄せられて――そして、そのままの有無を云わさぬ幽閉が、これほどの長期に及んだのである。

そのあいだに、夫は反乱軍の首領となり、ランズベール城にこもり、懐かしいかれらの新婚のすまいであったカリナエ宮が国王のさしむけた軍勢によってふみにじられたことさえも幽閉のうちにきき――ランズベール城の陥落も、そしてナリスのランズベール脱出とジェニュア行、そしてジェニュア脱出と、アレスの丘でのあの佯死事件についても、彼女は魔道によって、クリスタル・パレスのなかにいながらにして知らされたにすぎなかった。パロの王家の民であるから、魔道がいつわるとは微塵も思ってはおらぬにせよ、やはりそれはある意味、伝聞のもっともあいまいなかたちにすぎず、どこか現実感を欠いている。

ようやく、おこった事変の大きさを実感できたのはむしろ、グインともども、クリスタル・パレスで、幽閉されていた白亜の塔を抜け出してランズベール城の廃墟、焼け跡のむざんなありさまを見たときであり、そうであるほどに、おのれが二ヶ月の余も魔道の眠りにつかされていた、ということへのぶきみさや不安はつのっている。

（そのあいだに、私は……）

もしかして、何かよくないことがおのれの上にほどこされてはいなかったのだろうか、という不安は、むしろリンダ当人のほうにこそ、強くあった。

それゆえに、リンダは、サラミスに軍をひきいてグインとリンダを迎えにあらわれたヴァレリウスにたいして、まずは「私になにか、敵方がおかしな細工をほどこしていないか、よく調べて」とみずから申し出たのである。それに対してはヴァレリウスはひとおりきちんと調べて「まずは問題ないと思います」といういらえをくれたのだったが、それでも、クリスタル・パレスのなかでもっとも直接に竜王の脅威を目のあたりにしてきたのは彼女であるだけに、彼女の不安は去らなかった。

（それに……）

グインが、サラミスに残る、という意志を表明したことも、リンダを不安にさせていた。

（どうして……）

グインがもう、ナリス軍にくみしてくれるだろう、ということは、十中七、八割は確信しているリンダである。

だが、さいごの二、三割でどうなるかはまだわからない——それに、すっかり自分が、魔道の眠りにつかされてしまっているあいだに、中原とパロとの情勢が激動してしまっていることに、非常なとまどいがある。

（なんだか……昔のあの古い吟遊詩人のお話の……百年のあいだ眠り続けているあいだにカナンが崩壊してしまった不幸な詩人、ティシウスにでもなってしまったような気がするわ）

詩人であり王子であったティシウスは、おのれが魔道の眠りからさめたとき、おのれの祖国があとかたもなく失われ、おのれの恋人が老婆となり、そしておのれの民が石像となってしまったことを知って、発狂し、そのまま時のはざまへと失われてしまったのだった。いまなお、死ぬことのできぬ幽霊としてさまよい続けている、と言い伝えられるその伝説を、リンダは、いつも数ある吟遊詩人のサーガのなかでもっとも恐しいものだ、と思っていたものだ。

(なんて恐しい……ああでも、私はティシウスでも……その恋人のニオエでもないのだから。……何を案じているの。何をおそれているの、リンダ……なんだってお前はそんなにふるえているの……あれほどのことを経てきたお前はもっと勇敢で、もっと……もっともっとおそれを知らない女勇士ではなかったの……)

マルガの離宮に到着しても、ヴァレリウスのはからいで、まだ家臣たちがいっせいに出迎えて王妃の帰還をことほぐ、ということは避けられていた。それゆえ、彼女の帰還はさらにひっそりとしたものとなった。出迎えていたのはカイと少数の小姓たちであった。そして、すぐにあらわれたヴァレリウスが、口数少なく、「陛下が寝室でお待ちかねでございます」と告げた。

(ナリス)

リンダの心臓は恐しい勢いで鳴り出し、どうしてもとどめることができなかった。

(ああ、どうしよう)

リンダは、ひとりで立っておられぬように感じたが、ささえてくれるものは誰もいなかった。まるで、ここが、もっとも彼女にとって親しい、夫と長い年月をすごした家ではなくて、まだ敵の宮廷のなかに単身立たされてでもいるかのように。

(ああ、気を失ってしまいそう……気を失ってしまう)

リンダはあえぎながらおのれののどをつかみしめた。

4

ヴァレリウスは、最大限の注意を払って、そのリンダのようすを見つめていた。

（どこにも……《魔の胞子》を植え付けられているという痕跡はないが……）

どこにも、リンダは、かわったようすもない。

むしろ、あれだけの困難な幽閉を経てきたということを考えたら、びっくりするほど、かわっていない、というべきかもしれない。やつれたようすもないし、弱っているようでもない。ほほも記憶にあるとおりつややかに輝いているし、その美しい顔も、すがたも、何ひとつ変わってはいなかった。その大きなスミレ色の瞳は前よりもいっそう黒ずんで、深い輝きを増したように見えるにせよだ。

だが、ヴァレリウスはまだ安心しなかった。彼自身が、かの胞子の術にかけられたとき、彼は、それを魔道師イェライシャに指摘されるまで、まったく心づくことがなかったのだ。それは、ヴァレリウスの心にはいまだに深い怒りと傷と恥になって影をおとしている――これほど、上級魔道師としての誇りをこっぴどく傷つけられたできごとはなかったのだ。

（だから……それほど、やつらの術はたくみで、油断がならぬということだ……）

こんどはいったいどのような術を、どんな罠と陰謀を仕掛けてくるかわからない。その思いが、にがい経験とあいまってヴァレリウスをひどく神経質にしている。

だがリンダのほうは、そんなヴァレリウスの気持には気づくこともないようだった。

「ヴァレリウス……あなたとも、つもる話をしなくてはならないわね……」

サラミスでひさびさに会ったとき、最初に彼女はそういって涙ぐみ、いささかたじろいでいるヴァレリウスの手をしっかりと握りしめたのだ。

「私を助けにきてくれたばかりにとらわれてしまって——あのあと、酷い目にあわなかったの？　いったいどうやって脱出できたの？　それについては、私、何にも知らなかったわ……さいごまで知らされないままだったから……ここであなたを見たときほんとにびっくりしたわ。でも当然ね、あなたはパロ一の魔道師なのだもの……あんな罠など当然、うちやぶることが出来たのね。よかったわ、本当によかった。……お願い、そのパロ一の魔道師に頼みがあるのよ。スニをどうか、あいつがほどこした魔道の眠りから助け出してちょうだい。むやみと起こしては危険だというから、ずっとグインが眠ったままのスニを連れて救いだしてくれたのだけれど……そのままだ、どうしても目覚めさせることができないの。あなたなら出来るでしょう……どうか、お願いよ、スニを助けて」

「とりあえず、マルガに落ち着いたら、すぐにでも術を施してみましょう」

ヴァレリウスは約束したが、竜王の術を自分が破ることができるかどうかについてはいささかこころもとなかった。リンダがパロ一番の魔道師と絶賛してくれるのもいささかおもはゆい。おのれが、〈闇の司祭〉の援助がなければ脱出できず、そして〈闇の司祭〉がそしらぬ顔をしていたあの《魔の胞子》については、《ドールに追われる男》イェライシャの助力なしには抜け出せなかったのだ、と思うにつけ、ヴァレリウスの魔道師としての自尊心はこのところいたく傷ついてしまっているのだ。

だが、それにもまして、リンダのことばはヴァレリウスに、おのれがレムスの手にとらわれ、地下牢で激しい拷問を受けていたときのことが、まるで何年も昔のようだ、という感慨をおこさせた。二ヶ月も眠らされていたリンダにとっては、それはついきのうの出来事のようにしか思われなくて当然なのだろう。

(だが、俺は……)

そののちに、必死の脱出行、そしてそのあとに、あまりにもおどろくべき冒険の数々——星々をこえて大導師アグリッパに会ったこと、イェライシャとの冒険、そしてマルガへの脱出——あまりにも激しくくりかえされた激動が、ヴァレリウスに、なんだかこの数ヶ月が数十年にも匹敵するかのような感覚をもたらしている。

（ナリスさまとふたり……マルガでひそやかに反乱の計画を練っていたときのことなど、なんだかもう、百年もの昔のことになってしまったようだ……）

だが、そんな思いは口に出すわけにもゆかなかった。

「ああ、お願い……ちょっと待って。私……私、倒れてしまいそうだわ」

いよいよ離宮の懐かしい廊下を通り、そのとなりには控えの間をへだてておのれの寝室もある、よくよく知り尽くしたクリスタル大公の寝室が近づいてくると、リンダは失神してしまいそうに青ざめ、壁に手をついてもたれかかった。それから、青ざめた唇で、ヴァレリウスに笑いかけた。

「私が、気弱に、なさけなくなってしまっていると思わないで。……ナリスは特別なの。いつもあのひとは——あのひとだけは、私に、『あの人は特別なのだ』という気をおこさせるの。ずっと、ずっとそうだったわ——まだ、あのひとが《ナリス兄さま》だった、私がまだほんとに幼い娘だったころから」

（そのころには、私には、おふたかたともあまりにもはるかな遠い雲の上のおかたでしかありませんでしたよ。ともに同じ室にいて同じ空気を吸っているということさえとてつもない冒瀆に思われるほどの）

ヴァレリウスはそっと心中につぶやいたが、これも口に出しはしなかった。

カイがリンダの到着の先触れをし、そして、ナリスからの、入るようにとのことばをもって戻ってきた。リンダは息をとめ、激しく高鳴る心臓をおさえつけるようにルーンの聖句をとなえ、そして、寝室に入っていった。

そこもまたよく知った寝室――というよりも、リンダにとっては、本当の意味ではなにごともなかったとはいえ、新婚の神聖な夜がいくつも過ごされた、いとおしい場所であったし、また、夫がこのようなからだになってからは、ずっとそのかたわら近く暮らして懸命にその看病にあけくれた、苦しく、だがいまとなってはかぎりなく懐かしい日々をすごした場所でもあった。それがなんでこんなにも遠く、見知らぬ場所のように感じられるのか、リンダは不思議に思った。

「リンダ」

だが――

ついに、求めていた声がした。リンダは、そのまままたしてもくずおれてしまいそうになった。

「ナリス――!」

「リンダ。……無事に帰ってきてくれて、嬉しいよ」

かすれてしわがれた苦しそうな声。――かつての、あの美しく張りのある甘い声とは似ても似つかない、いつも苦しそうな、のどを致命的にいためつけられてしまったものの声。

だが、それを聞き間違うことはなかった。どうして、聞き間違うことなどがあってよかっただろうか。リンダは、その声がもっとも出なかったときにでも、ほんのかすかなしわぶきからでも彼が何をもとめ、何を欲しているのか、さぐりだそうとありたけの注意と精神力をかたむけていたのだった。

「ナリス——ああ、ナリス……ナリス……」

リンダは、それしか云えなかった。

もともと感じやすい彼女の目はたちまち涙で一杯になり、それゆえ、彼女の目には、暗くあかりをおとしてある、大きな天蓋のある天井の高い寝室に、天蓋の下にひっそりと横たわっている夫のすがたはかすんでよくは見えなかった。それに、かけよって飛びつくこともできなかった——彼女の夫は、そのような荒々しい動作にたえることのできるからだではなかったのだ。

それゆえに、彼女はただ、全身にあふれてくるあまりにも複雑な感慨をもてあますかのように、両手で口もとをおおいながら、すすり泣きをかみころしているばかりだった。そのかわりに、涙はあとからあとから、滂沱と彼女の目にもりあがってきて、そのまま頬にころがりおち、胸もとをぬらした。彼女は立ちつくしたまま、滂沱と涙を流し続けていた。

「どうしたの、そんなに泣いて……」

やさしい、いたずらっぽい——その抑揚だけきいていれば、まったくかつての洒脱な優雅な貴公子のことばとしか思えぬ。

だが、そこに、背中にいくえにもクッションをかって、暗い天蓋の下によこたわっている人は、おのれの力ではそのベッドの布団をはねのけることもできぬ、寝たきりの、だがそのからだで敢然とパロの国王に叛旗をひるがえした神聖パロの初代聖王にほかならないのだった。

「ナリス……」

「元気そうだね、どうやら……よかった。あなたのことだから、それは、数ヶ月の幽閉などで屈してしまうことは決してありえないだろうと思ってはいたけれども……思っていたよりずっと元気そうなので安心したよ。……だが、あまり時間がない。再会をゆっくりと祝っているわけにもゆかないのがつらいところだ。……どう、もう落ち着いた？もう、話をすることはできるかな？」

「私——私……」

リンダは、あえぎ、そして手さぐりでおのれの服の袖で涙をぬぐった。

「私……ナリス……私……」

「どうした。ほかのことばが云えなくなってしまったみたいだね……こういうときには、ほかの夫婦はどうするものなのかな……私にはわからないよ、リンダ。私たちはあまりにも事情が違いすぎて……あなたを抱きしめてあげることもできないし——あなたに抱きしめて貰うこともできないのだが……そっとなら、たぶん……」

リンダは、あいてが冗談をいっているのか、それとも真面目なのかわからなくて、とまどいながらやっと泣き腫れた目をひらいて、ナリスを見つめた。そして、なんとなく畏怖とも恐怖とも怯えともつかぬものにうたれたように、身をふるわせた。

「どうなさいました？」

うしろから、ヴァレリウスが低くいう。それにもリンダは瞬間、おどろいて身をかたくした。ヴァレリウスの存在についてはなおのこと、すっかり忘れかけていたのだ。

「あ……ああ、どうもしないわ……ナリス、おそばへ……おそばへいってもよくて？　なんだかとても……私、あなただという……実感がなくて……なんだかまぼろしを見ているみたいで——だって私、幽閉されているあいだに、ほんとにいくたびとなくあなたのまぼろしを見たり、夢にいたっては毎日毎日見ていたのよ。……これが本当だなんてとても信じられないわ……ああ、でも、これは本当にすべて現実なのだけれども……」

「いとしい妻」

ナリスはつぶやいた。その言い方はいかにも力なかった。

「君はたぶんちょうど間に合った。……私はまだ生きているし——まだ当分のあいだは大丈夫だろう……だがもうあまり長くはもたないかもしれない。いや、心配はいらない……なるべく長く、私だって生きていたいと思うし、君を寡婦にするのは気がすすまない、君はあまりにも若く美しいからね。……だが、神がどのようにおぼしめされるかはまた別の……」

「あなた、何をいっているの。ナリス」

あらたな不安と、そしてナリスが狂気のなかにいるのではないかという突然突き上げた恐怖にかられて、リンダは叫んだ。それから、ここではあまり大きな声をだしても、荒々しいしぐさをしてもいけなかったのだと思い出して、赤面して声をひそめた。

「お願いよ、ヴァレリウス。教えて。ナリスはこのごろ、加減が悪いの？　とても悪いの？」

「いや、むしろ、昨今はずいぶん、お楽におなりです」

ヴァレリウスは云った。

「ちょっと以前までは……陛下がごらんになったら、ひどくお心をいためられてしまうであろうくらい、悪化されていたこともありましたが――最近は、アル・ジェニウスご自身も健康をとりもどそうとつとめて下さっておりますし、よほど、以前にくらべて、体力も戻っておいでになりますよ。ご安心下さい」

「陛下……」

そのことばにいくぶん愁眉をひらいたものの、こんどは、陛下、というそのことばが、いったい誰に呼びかけられたものかと、リンダはきょろきょろし、それから、それがほかならぬ自分に向けられたもので——おのれは、もはやクリスタル大公妃ではなく、神聖パロ王国の王妃陛下なのだ、ということに心づいてちょっとびっくりした。そして、あらためてまた、おのれが伝説のティシウスほども現実の流れからひきはなされ、事情にうとくなってしまっているのだということに、気づかざるを得なかった。

「そう、心配しなくてもいい」

ナリスはゆっくりといった。

「だからもうちょっとそばにおいで、リンダ。——だが、あまりつもる話をゆっくりとしているいとまはない。いま、マルガの情勢はきわめて切迫していてね——あちこちでいっせいにいろいろなものごとが、炎のように動いている。そのため、あなたにもすぐに申し訳ないがまたサラミスに戻ってもらわなくてはならない」

「サラミスへ？　もう一度、私が戻るって？」

驚いてリンダはいった。

「そう、すまないが……ヴァレリウスをつけるから、こんどこそ、ケイロニア王グインを、マルガに連れてくるよう、もういっぺん、説得をこころみてほしいんだよ。いま、マルガは……わが神聖パロ王国の兵力は非常にこころもとなくなってしまっていてね。

だが、レムス軍はいま、総力戦に突入すべく、陣容をととのえて、そしていずれ近々にマルガめがけて下ってくるはずだ。それまでには、こちらもマルガをあとにして、もうちょっと守りやすい場所へと移らなくてはならないが――そのための人員にせよ、いまのマルガではけっこう足りない。ダーナムの戦線にずいぶんと投入してしまったし、そちらでもかなりの被害は出てしまったし――それに、ゴーラ王イシュトヴァーンの軍勢三万が、まだかなり近くにいる状況だからね。それについてはあまりにも事情がこみいっているので、あとでゆっくりと説明してあげなくてはならないだろうが――」

「イシュトヴァーン軍が、近くに」

驚いて、リンダはいった。だが、イシュトヴァーンの軍勢の動きについては、すでにグインからいろいろときかされていたから、むしろマルガのいろいろな事情よりもずっと簡単に飲み込むことができた。

「そうなのだよ。そしてまだ、それがどう動くかはわからない――ゴーラ軍が参戦すればケイロニア軍はおそらくわれわれのために動く気持を失うだろう、ということはわれわれはみなわかっている」

リンダは思わず、おもてをふせた。それは、グインが何回も、自分なりに交渉をこころみたリンダに云っていたことばだったからである。

「それは……」

「だから、ゴーラ軍に援軍としてふるまわれる、ということはこちらはむしろ、できれば避けたいわけだが、だがそれをつきつめてゆくとこんどはゴーラ軍が敵になってしまうことになる。そうなると――いまのわが軍では、勇猛なゴーラ軍三万に襲いかかられるということはたぶん、全滅をそのまま意味している、ということで……」

「まあ……」

「したがって、とにかく何をいうにも焦眉の急は、グイン軍二万五千になんとかして、一刻も早く正式にカレニア政権につくという宣言を出してもらい、そしてそのうちの一部でもいいからマルガにきてもらい――それの援護を得てカレニアにひきうつる、という運びになれることなんだ。君が想像しているであろう以上に情勢は切迫している、そう思ってもらったほうがいい」

「ああ、わかったわ、ナリス」

リンダはものわかりよくいった。

「そうなのね。いまはいくさなのね――非常時なのね。もちろんよ……私、あなたとの再会にかまけてそのことを忘れてしまったわけではないのだけれど、ちょっと、いまがいかにそういう切迫した時期かということは忘れてしまっていたわ。わかったわ、すぐにでも、サラミスに発って、こんどは首尾よくグインを連れて戻ってくればいいのね。一万か一万五千くらいの兵を一緒に。……大丈夫よ、グインを説得する自信はあるわ。

ヴァレリウスがきてくれなくても大丈夫だとは思うけれど……サラミスとマルガのあいだは、完全にあなたの版図になっているのでしょう。身の危険は何も特にないんでしょう、そこのあいだは？」

「そう、だが、やはりあいてはキタイの竜王だ。用心だけは必ずしておいたほうがいい。ヴァレリウスもそういっている。それにヨナは、イシュトヴァーン軍と接触してもらうことになっている」

「イシュトヴァーン軍と接触ですって。それは危険ではないの？」

「危険かもしれないが、とにかくやってみなくてはね。イシュトヴァーンが平和裡に、話し合いのもとで兵をひいて、ゴーラに戻っていってくれるのが、このさいは一番助かることだから……」

「しかしそれはかなりあやしくなってきましたが。先日スカール軍の奇襲をうけたことで、イシュトヴァーン軍はかなり気が立って、攻撃的になっていると思いますしね」

ヴァレリウスが口をはさんだ。リンダはおどろいてヴァレリウスをふりかえった。

「スカール軍の奇襲をうけた、ですって。スカールはこの近くにいるの。……どうしていったい、スカール軍がイシュトヴァーンの軍に奇襲を——ああ、だめね、私、本当にこれではティシウスのように何もわからなくなってしまっているわ。ヴァレリウスにあとでいろいろきかせてもらわなくては、とてもとんまなことを云ったりしたりしてしまいそうだわ」

「君は、すぐにその遅れは取り戻せるし、君がとんまなことなど云ったりしたりしているところなど想像もつかないさ」

いくぶん上の空の印象でナリスはいった。リンダはそれを見つめた。

「私、あなたのとてつもなく大切な時間を無駄にさせていて？　いいわ、もし必要なら、いますぐにでも私、とんぼがえりでサラミスにいってきてよ、あなた。本当のことをいうと、私も実はグインをマルガにともなってこられなかったことがとても気になっていたの。でもとにかく、グインが、考えがかわる見込みがまずないようだったから、とにかく私だけでもマルガにもどってあなたを安心させなくては、そう考えたのよ。それに――それにきっと、私のいま持っているいろいろな情報はあなたたちにはとても必要でしょうと考えたので。……だから、ともかくさきにいっぺんマルガにきておきたかったのだけれど――でも、この次には、グインと一緒でなければマルガには戻らないわ。だって私――だって私も……そうよ、私、この軍隊の、つまり神聖パロ王国の軍勢の、ひとりの立派な武将でいたい、とずっと思っていたのよ！　それなのに、あなたにとって一番私の力が必要なときに、私はへまをして、あんなふうに長い期間かれらに閉じこめられることになってしまって！――これが考えるだに口惜しいの。だから、これから、その分も私が頑張るわ。もうあなたになるべく負担をかけさせぬよう、私が総大将として、あなたの手足となって、あなたの人形、あなたの代理となって働くつもりだわ。……そう、これからのリンダは武将だと思ってほしいのよ。それは、剣をふるうことや戦争についてはあまり知らないかもしれないけれど、でも戦争というのはそれだけではない、ということは私、学んだし――子供のころから何回も戦場には出くわしてきたのだから、ちょっとは普通の女性よりは、そういうものへの知識はあると思うわ。そうでしょう」

「おお、そのとおりだ。君は何でもできるんだよ、リンダ。――それにマルガの将兵たちは、君がそうやってバルコニーに出てすがたを見せただけで激甚にふるいたつだろう。かれらは、気の毒にずっと、私のすがたをみたり、私の声で叱咤激励されて忠誠心をふるいおこすという経験をできないままできたからね。……その意味では君が戻ってきてくれたことは私にはとても心強い。グインを連れてきてくれることができたら、もう、私としては、君が神聖パロの女王となり、私はただのその夫としてひっそりと寝室によこたわっていてもいいと思うくらいだよ」

「いやだわ、またそんなご冗談をおっしゃって……」

リンダは云った。だが、そのおもてはいくぶん青白かった。

奇妙な懸念が、その胸にしだいにこみあげてきていた。だがそれについては、リンダは、恐ろしくて、確かめることもまだできずにいたのだった。ヴァレリウスもそれについては何も云わなかったし、リンダは自分からそのことを持ち出す勇気がなかった。

（それに……それに、おお。そうだわ……私の勘違いかもしれない。私は……私があまりにも……気が立っていて、神経的になってしまっているのかもしれないし、それに……）

「いつ、サラミスに発ちましょうか、ナリス」

リンダは不安をおしこらえるようにきいた。そしてなにげなく、窓辺に音もなく歩み寄った。

「君がよければ、いつでも。まあでもとにかく今夜くらいはともに過ごせるだろう。せっかく本当にひさしぶりの、夫婦が再会した夜なのだし、もうそもそも日が暮れてくるだろう。……いまから、出立しろなどと、そんな滅茶苦茶なことはいわないよ。ヴァレリウスならばともかく、君は魔道師でも武将でもないのだから——その意気込みだけは素晴らしいけれどもね。だから、今夜一晩ゆっくり休んでよもやま話をして、せめても疲れをとってもらって——そしてあすになったらサラミスにむけて出立してくれれば——そうしたら、ものの五日とたたぬうちに……むろん説得が効を奏すればだが、グインはマルガの地を踏んでいるだろう。そのくらいはたぶん、四囲の情勢もなんとかもつだろうと思うし……もたなければそれはもう、私の運勢というものがそこまでのものだということになってしまうし。それだけの運さえもないようだったら——たった四、五日もちこたえるだけの力さえもないのだったら、それはもう、ここでどのように頑張ったところで、このさき、神聖パロ王国を維持してゆく、などということそのものが、下らぬおとぎ話になってしまう。……そうではない？　だから、それについてはヴァレリウスがひどく心配しているけれども、私は逆にやはりヴァレリウスにはあなたについていってほしいと思うな。私はあなたのほうが心配だし、それにいよいよグインと宿願の対面ができるとなれば、それは私にとってどんなにか……」

「ナリス」

リンダは、緊張した声で、ナリスのことばをさえぎった。もう、どうしても、黙っていることができなかったのだ。

「ナリス。どうしたの、あなた。……あなた目が——あなた目が……おお、ヤーンよ！　あなた、目が見えないの？」

第二話　影の軍隊

1

「あまり、お嘆きにならないで下さい、どうか」

いったん控えの間にひきさがったリンダが、ソファの上にくずおれて、あまりにもうちひしがれてしまったようすをみて、ヴァレリウスは、むしろ困惑したようになだめつづけた。

「まだそれほど――ええ、何ひとつ見える視力を失ってしまわれた、完全な闇に閉ざされてしまった、というわけではないんですよ。……ただ、非常に――とにかく、あの伴死の計略によって、ナリスさまは……アル・ジェニウスは、非常に体力的に打撃を受けられたのです。……そのあと、ずいぶんよくなられましたが、まだ完全にはもとどおりにはおなりではない。……というか、モース博士は、完全にもとどおりになられる、少なくとも、マルガで療養しておられた一番それでも体力のおありになったころに戻られるのは期待せぬように、と申し渡されましたが……それでも、いっときは私は……」

「……」

「そう、私は、いっときは、もうナリスさまはこのまま、生きるすべての力を喪って……ろうそくの炎が消えるようにふっと——いのちの火が消えていってしまわれるのではないだろうかと思ったのです。かなり深刻にそれは覚悟いたしました。……しかし、ナリスさまは、その死の淵からも、これまでいくたびとなくそうされてきたように雄々しく生還され、しかもあれだけのお力を——ベッドの上に半分とはいえ起きあがり、ああしてちゃんとお話になれるだけの力を取り戻されました。大変なことだと思います——ひとたびは、死の国をのぞいてこられたかたです。たぶん、まだなすべき使命をなしとげておらぬ、という執念だけがナリスさまを支えていらっしゃるのだと思いますが……」

「……」

「そのかわりに、残念ながらいろいろなからだの機能のほうは——生きるための機能がなんとか元気をとりもどすためにずいぶん犠牲にされたように思います。ナリスさまは、お目がみえない、というわけではないのです。ただ、視力を使われることが非常に大変なようなのです。視野がかすんで——ぼんやりとはいまでもごらんになれているようですし、そのつもりになれば、かなり室を明るくさせ、あかりを手元にもってきてごらんになれば、まだかなりのものはごらんになれるようです。しかし、そうすることは非常にナリスさまの底をついた体力を消耗するようで……そうして目を使ったあとでは、いつも、ひどく頭が痛い、とおおせになり、しばらくぐったりなさいます。――さいわい、いまのところの情勢は、ナリスさまにいろいろな決断をお願いすることこそあれ、ナリスさまがごじきじきに書類をごらんになったり、書き物をなさらなくてはならないということはありませんから……それならば、ナリスさまには、目とおからだを養生し、大切にしていただいたほうがということで……お手も、動かすのがかなり困難なようですから……」

「私……私、なんていったらいいのか……」

「ナリスさまは、お元気ですよ」

むしろ挑戦的にヴァレリウスはいった。

「これまでになく生命力、というか、生きたい、生きようというお気持ちは強く出てこられているようです。そのあと苦しくなられることがおわかりでも、必ず一生懸命食事をとり、栄養をつけて、少しでもからだの活力を取り戻そうとされています。ですから、モース博士もそれを非常に評価され、この調子でいていただければ、もう少したてばもうちょっとだけは状態は改善され――そのあともまた、もうちょっとたてばもう少し改善され……非常に忍耐は必要であろうが、それをつらぬきとおせたら、かなりのところまでお戻りになれるかもしれない。でもそれは非常につらい試練が必要になるだろうが、とおっしゃっておられます。——モース博士がとてもくやしがっておられたのは、どうしてもっとあと半年早くこのようなお気持ちになって下さらなかったのか——一年ならもっといい。ランズベールの塔で拷問をうけてあのようなおからだになられたあとに、自分はあれほど必死にご忠告申し上げた。ご無理をなさらないように、栄養と睡眠を最大の仕事と思って無理してでもとられ、そして決して無理にからだを使われないように、そしてお辛いのはわかるがなんとか頑張ってからだの機能を回復させるための訓練をお続けになるように——と。だがナリスさまはそれに従ってくださらなかった、むしろそのかわりに食べるものも食べられず、お休みになれぬといって黒蓮の粉を多用され、自らまるでおいのちをちぢめたいかのような行動ばかりされた。それを自分はとどめることができなかったが、あのときにいまのお気持ちがもしナリスさまにあったら、たぶん車椅子に乗ってとはいえ、あとはほとんど普通の人とかわりない生活ができるまでに——むろん踊ったり、また楽器を演奏したり剣をとったりということはお出来になるまいが、ごくふつうの生活としては——回復されただろう。いまとなってはそれはもうとうてい望むべくもない、自分はそれが残念でならないし、自分の力不足、ナリスさまにそのようにしむける力のなかったおのれの力不足が無念でならない、と」

「……………」

「ナリスさまのお目は、どちらかといえば、むろん死から生還されたということもありましょうが、それよりもその以前からずっとろくろくものを召し上がらなかった不摂生のたまものと考えていただいたほうがいい、モース博士はそういっておりました。いまからでも、ですから、目のためになる食物を極力とり、なんとか少しづつでもよい状態に向かわれるようにすることはできるだろうが、それは本当に長い時間がかかるだろう——それに、いまのナリスさまのおからだは、とにかく本当にひとたらしほどの水が底に入っているだけのうすい硝子の水差しのようなもので、水をもっとふやそうとして焦れば薄すぎる硝子が壊れてしまうし、といっていまある水の量ではとうてい、そうやっておからだが快復にむかってゆかれるには足りない——なんとかして、どういう方法でも、時間をかけて少しづつ、水差しのなかの水を増やしてゆく以外ありません、と……モース博士はそういっておられました」

「そう……なのね……」

最初に、ナリスの目が、おのれをちゃんと見ておらぬようだ、という恐怖にこおりついたリンダの心は、ヴァレリウスの諄々としたことばをきいているうちに、ようやくかなり落ち着いてきた。彼女はいくぶん恥ずかしそうにうなづいた。

「取り乱して、ごめんなさいね、ヴァレリウス。それに、恥ずかしいわ。ずっとあなたがたは献身的にナリスのことを看取ってきてくださって——その経過も何もかも見て知っていて、本当は、私がクリスタル・パレスにとらわれているあいだ、そうやってすべてもっとも心をいためていたのはあなただったはずなのに。私、自分のことばかり考えていたわ」

「とんでもありません。私は当然のことをしかいたしておりませんし、それにリンダさまが救出されたとおききになってから、ナリスさまはずいぶんと明るく——といいましょうか、力をつけてこられました。さきほども、あんなに長時間お話になっても、疲れた様子もおみせになりませんでしたし——それはやはり、ご夫婦でなくてはかなわぬきずながおありなのだと私は思います」

「ふだんは……あんなに話をすることはないの？」

「いや、そうでもありませんが——お話になりたいことはいつも山のようにおありになりますから。ただ、ちょっと話されると、すぐに、のどが辛くなったり、からだの力がつきたり——それでどうしても、休みながらになってしまわれるのでひどくもどかしくてならぬご様子です。さきほどはずいぶんと、楽そうにお話しておられました」

「そうだったのね。私は……また、おろかにも、きょうはナリスはずいぶん具合がわるくて、うわごとでもいっているのだろうか、なんだかそんなふうな、熱にうかされたような苦しそうなようすに見えると思っていたのよ。そうではないのね」

「最近では一番長く、早くお話になりましたし、それに一番長くひととご一緒にいられたと思いますよ。……とにかく、我々普通のからだの人間にとっては、まったくなんでもないと思うようなこと——たとえばベッドのかたわらをずかずか歩いたりするようなこと自体が、ナリスさまにはとてもお辛いらしいのです。でも、こういっては何ですが、本当にわたくしもいささかほっといたしました」

「というと……？」

「ナリスさまはあのようなおからだですから、どうしても……バルコニーに出て将兵たちに手をふったり、元気づけたりということがお出来になりません。だが、だんだん私も思い知らされてきたのですが、かれらにはそのことがとてもとても必要なのですね。それがないので、かれらは非常に不安に思い、また、むくわれないと思ってしまうようなのです。……リンダさまが、ナリスさまの名代として、バルコニーにお姿をみせて下さるだけで、神聖パロの将兵たちはどれほど勇気づけられ、ふるいたつことか……」

「まだ、いろいろなことがよくのみこめていないし——私はべつだん、死の淵にさまよってきたわけではないのだけれど、なんといったらいいのかしら——二ヶ月近くも魔道の眠りで眠らされていた、というのが私にはどうもよくわからないの。——なんだかだまされたような気がする、というか……二ヶ月の時をただぬすまれてしまったというか。それに、その前後にはひどくいろいろな激動を経験したわ。だものだから、ナリスとはずいぶんと違った意味でだけれども、私もきっとまだ、本当に目がさめていないのではないのかしらっていう気がしてまどうことがあるの」

リンダは考えに沈みながら、

「でも、それは大丈夫よ……私のほうは、ただ、魔道がまだどこかに残っているんだろうかと不安になっているだけですもの。ねえ、ヴァレリウス、私あなたに聞きたいことがあったのよ、いいえ、どうしても、聞かなくてはならないことがあるの」

「何でしょうか」

「私……私、本当に私？」

「え」

激しく意表をつかれて、ヴァレリウスは驚いてリンダの美しいスミレ色の瞳を見つめた。

「それは、どういう――？」

「私は私よね？　私はリンダ・アルディア・ジェイナ、パロ聖王家の姫にして、神聖パロ王国初代聖王アルド・ナリスの妻リンダよね？　ほかのものでは――おお、恐しい、私、まさか、そう思いこまされている死霊なんかでは……ゾンビーなんかではないのよね？」

「何をおっしゃるんです」

幾分青ざめながらヴァレリウスはいった。

「リンダさまがゾンビーだったりしたら、われわれは……」

「私はずっと、クリスタル・パレスのなかにとじこめられていたわ」

リンダはくちびるをふるわせた。

「これはヴァレリウスだってそうだったのだから、魔道師であるヴァレリウスのほうがようく知っているかもしれないと思うけれど……あのなかでは、いろいろとてもおそろしいことがおこなわれていたわ。人間を、もとどおりの自分でなくしてしまうような魔道……宮廷のものたちの首から上をいろいろな動物にしてしまって、レムスはそれを、『やつらの本性どおりにしてやった』といって嘲笑っていたものよ。それにあの竜頭の騎士たちや鳥の頭の侍女たち……あれはその、本性どおりにという魔道ではなくて、明らかに、どこか知らないあやしい世界から連れてこられた人たちだったと私は思っている。そして、ああ、恐しい……あのリーナスたち……いったん死んで、それからゾンビーにかえられて、レムスの……それともあのキタイの怪物の傀儡にかえられてしまった人たち……」

「……………」

「私、どれほどかれらが恐しいえたいのしれぬ妖術を使うか、一番この目で見てきたのよ。だから、ずっともう恐ろしくてたまらないの。ことに、二ヶ月も眠らされていたというのが……そのあいだに、私は何かされていないだろうか。ナリスのためにならぬようなこと……私が知らぬあいだにナリスの敵として行動し、レムスたちの軍勢をひきいれてしまうような何かの術をほどこされたりしていないだろうか……レムスたちのやることなすことを、見てきてしまったものだから、私とても――とても恐ろしくてしかたがないの」

「リンダさま……」

ヴァレリウスは意外の感にうたれたようにリンダを見つめた。

「リンダさまがそのように思ってらっしゃるなら申し上げますが……とりあえず、私の感じるかぎりでは、そのご心配はいらないとは……思うのですが。失礼ながら私にせよ、そのことは一番心配だったのですよ。かれらは以前に、下級魔道師をひとりあちらの手の者に作り替えてしまうような魔道をかけてこちらに戻してきたことがあり……そのときがちょうど、私がいないときでしたので、誰もそのことが気づけずに……それでどんどん、こちらの情報はあちらがたに洩れており、最終的には私が戻ってきたそのときに、かろうじて間に合って、そやつを殺してしまうことができたのです。その意味では、あちらから戻されてきたものというのはとても恐しい――私自身にさえ、竜王が私を遠くからあやつろうという魔道がしかけられていたりしたのですから」

「あなたにも！　ヴァレリウス！」

リンダは思わず恐怖に目を見開いた。

「そうしたら、私も……本当に、自分では何ひとつ気づかずに、ナリスの敵になるよう行動してしまう可能性があるということ？　いや、そんな、それはあまりにも恐しいわ。どうしたらいいの？　私、どんな検査でも受けるわ——どうしたら、私は大丈夫だとわかるの？　あなたなら、わかるのでしょう？　そうじゃないの？」

「私にわかるかぎりのことはわかると思いますし、そのかぎりではリンダさまは大丈夫です」

ヴァレリウスは口重く答えた。

「しかし、それ以上の魔道であったとしたら。……私はなにしろ、自分自身にかけられたそうした巧妙な術に気づけなくて、あわやとんでもないことになってしまうところだったのですから。でも、その意味では、いま、リンダさまがもういっぺんサラミスにゆかれて、グイン陛下を連れてお戻りになるのはいいことだと思いますよ。どういうわけか、グイン王は大丈夫——これは、誰もが思っているのです。何があろうと、グインどのは大丈夫だ、グインに限っては決してそういうふうに、知らぬあいだに傀儡にされているようなことはありえない、とですね」

「ああ……それはほんとにそのとおりだわ。私も何回となく思ったものだもの。『この人のそばにいれば大丈夫』と」

いくぶん、おもてを明るくして、リンダはいった。

「そうね。……じゃあ、とにかく明日になったらすぐにサラミスに向かうわ。……もうちょっとして、ナリスが落ち着くようだったら、ナリスはきっと早くやすむのでしょうから、サラミスにむかう準備をととのえてから、私、もういっぺんナリスと会って話をしてもいいかしら。——なんだか、いろいろなことがわからないままに帰ってきて、ナリスにいろいろ負担をかけてしまったかしらという気がするのよ。私、これからはあなたにかわって私がなんでも矢面に立ってあげるために帰ってきたのよ、ということだけ、ちゃんとナリスに伝えなくてはサラミスにたつわけにはゆかないわ」

＊

その夜は、しずかに過ぎていった。

何も、騒擾はおこらず、またどこかの軍が奇襲をかけてきた報告や、状況の急変の報告がおそいかかってくることもなかった。リンダの帰還はすでに、マルガの兵士たち、廷臣たちにはひそかに伝えられていたが、事情あってまだそれがおおっぴらにしてはならぬことも注意されていたので、忠実なマルガの人びとは誰もそれについてあからさまに口にしようとはしなかった。だが、それでも、リンダの帰還はマルガ全体によみがえったような生気をもたらした——おそらくはそれが知れ渡れば、カレニア全体、神聖パロ全土へも同じだけの効果をもたらしたであろう。それほどに、これはもうナリスもヴアレリウスもわかっていることだったが、いまの神聖パロには希望をもてる材料が何ひとつなかったのだった。

「——でもレムスがそれほど強力だというわけじゃないんだわ」

その夜。

ナリスの具合が悪くないので、ともに夜のひとときを過ごしても大丈夫だ、という招きを小姓がもってきて、リンダはふたたび、奥の寝室にいた。スニはマルガに連れてこられても相変わらず寝たきりだったが、ヴァレリウスがそれを目覚めさせられないかどうか、試してみていた。寝室にいるのはナリスとリンダふたりきりであった。そのあともヴァレリウスからいろいろと、おのれがいなかったあいだのこまかな事情についてきいていたので、リンダは、いまはもうちょっと、ナリスの、アレスの丘での苦しい謀略についても知っていたし、また、それからダーナムの人々に助けられての——ナリス自体はそれについてはまったく知らなかったのだが——苦しい南下や、また、その後の、スカールやリギアのひと幕についてもわきまえていた。もっともヴァレリウスは、アグリッパやイェライシャと出会うにいたったいきさつや、それが教えてくれたものについてはむろん、リンダには何も云わなかったのだが。

「そう、私は見たわ……自分で考えることのできない軍勢というのは、案外に、もろいものだということをね。それは、そうでなかったらきっと私はいまごろここに無事にたどりついていることはできなかったと思うわ。かれらは、なんといったらいいのかしら——十人、百人でひとつの頭をしかもっていない人形みたいに見えた。その十人、百人に対して、ひとつの頭に相当するリーナスみたいなゾンビーがいて、それはもうちょっと直接にレムス——だか竜王だかわからないけれど、上のほうから命令をもらっていて……それが細かく指令をうけて、あとはただそれのいうとおりに右に向けといわれれば右を向き、左を向けといわれれば左へ、それだけ——戦え、といわれたら戦い、やめろといわれたらやめ——ほんとうにただの機械人形ね……」

「ときには、機械人形の兵士のほうがずっと勇敢で、忠実なのじゃないかという絶望感にとらわれることもあるのだけれどね。私などは本当にとても配下には恵まれているほうだとは知りながらもついつい」

ナリスは、いくぶん皮肉そうにいった。寝室は、ナリスの目にさわらぬよう、ずいぶん暗くされており、そしてナリスは夜になったせいか、いくぶん疲れたようすだったけれども、リンダの帰還が気力をよみがえらせたのか、それとももうリンダに視力のおとろえのことも知られて、隠すことがなくなった、というのがかえって彼を安心させるのか、彼のようすはずっと昼間よりも楽そうになっていた。

「本当はかれらが自分で判断することをやめてくれたらどんなにか楽だろうと思うときだってあるからね。だが、そうではないのかな」

「そうではないんだと思うわ。やっぱり、私、あの兵士たちを見ていてわかったわ——人形を動かすほど大変なことはないわ。自分の心で考えたり感じたりすることのない人びと……それは、決して自分の気持ちで私たちのために動いてくれることもないんですもの。そのおかげで私は助かったのだとはいえ……逆に、ああいう兵士たちをしか持てないレムスは可愛想だと思うわ。彼は一生、ひとがおのれを信じてくれるよろこびも、その人たちとともに何かをなしとげる満足も知らないままでしょう」

「君は、レムスとたもとをわかってしまったのだね、完全に」

ナリスはつぶやくようにいった。

「それもまた、私のさせてしまったことだったのだな。そのかわりに君が何を得たかということを思えば——本当にすまない。だが、待っていてくれ——もうあと一年もかからずに、健康体というのはあまりにも言い過ぎだというのなら、私は少なくとも、これまでの無駄にした時間をとりもどすことはできるだけの人間に戻れると思うから……」

「そんなこと」

リンダは思わず、そっと立っていってベッドに近づき、どのていど強くにぎりしめていいものかわからなかったので、そっとナリスの手にふれ、それを限りなくやさしくなでた。

「私はレムスにもう二度と私のことを姉と呼ぶな、私も弟とは思わぬ、姉弟の縁は切る、という宣言をしたわ。でもそのとき、もしもお前がすべてをなげうって、一緒にくるというのなら、弟として一生愛しているわ、といった。だけどレムスはそれを鼻で笑ったわ。もう彼にはきっと何も必要ない——姉も、家族も、妻も国も……そう、国もよ。あのクリスタル・パレスはただの、ぶきみなゾンビーと怪物たちを使っての人形遊びの場所のようなものとしか、私には見えないわ」

「ゾンビー……」

「だからこそ、一刻も早くクリスタル・パレスを、そのなかで苦しめられているひとびとをときはなってやらなくてはならないのだと、いま、私自身がつよく——たぶん、あなたが反乱を起こさなくてはならないと感じる以上にもっとずっと強くいま私は思っているわ。あれはあってはならぬこと——あのパレスのなかで永遠の恐怖に凍り付いている人々を解放してやることができぬかぎり、私はパロの王女とも、聖王家の者とも——そして神聖パロの王妃とも誇りをもって名乗ることはできない。私が誇りを失わずにいられるのは、ただ、これほど、すべてをなげうっていのちとひきかえにその、パレスの真実をとりもどそうとしているひとが私の夫である、ということによってだけだわ、いまは。………でも、私も立ち上がるわ。すぐにでも——明日にでも。私のよろいも作ってもらって、陣頭にたって指揮をし……グインにもヴァレリウスにも助けてもらって……病床のあなたにもう決してこんなつらい思いをさせることがないように……」

「勇ましい」

ナリスはかすかにほほえんだ。

「私は、このことをはじめてから何回も何回も、自分の妻をあらたに発見しているような気がするな。……ひとつ、約束しておくれ、リンダ」

「ええ？」

「このいくさが勝利をおさめ、神聖パロがパロ全土の制圧権をおさめしだい、私は退位する。神聖パロ王国初代聖王の座をね。だからそうしたら、君がどうあっても、女王として、この国に君臨してほしいのだよ。私がこのようなからだでなおかつ聖王と名乗り続けているのは、ひとびとに希望をあたえ、我々の命運はつきていないと知らせるためだけにほかならない——これは正義のいくさであり、謀反人たちの反乱ではないのだ、これは正当な権利を取り戻すためのものなのだとね。だから、もしも、パロが平和に戻るようなことがあったら私の役目はそれでおわる。そしたら……」

2

リンダは、何もいわず、じっと耳をかたむけていた。

ナリスはしかし、とてもおだやかな気持で話しているようであった。

「このような何もできないからだで、それでもなおかつ、こうしていくさの総大将でいるのは苦しくてしかたがない。だがむろんおのれが必要なかぎりはそうするよ……たとえかれらに必要なのは私のぬけがらだけだったとしても、だったらばなおのことね。だが、もし君さえよければ、いますぐにでも私は君に女王として即位して私からこの重責をのぞいてほしいと切実に思っているし……でなくても、いったん平和がやってきたらすぐ……」

「むろん、平和がやってきたらそれはやぶさかではないけれど」

リンダは口重くいった。

「ああ、でも、これは長引きそうな気がするわ。……不吉な予言をするわけではないの。ただ、私、気になって気になってたまらないことがあるのよ」

「なに、それは」

「アモン」

リンダはそのことばを口にするのが恐ろしくてたまらないように、ほとんどおずおずとそのことばを口にのぼせた。

「アモン――？」

「そう、レムスとアルミナの子供。というよりも……あの恐しい怪物。私が見たときには、それは、なんだかわからない恐しい渦巻きみたいなもので……とても人間のかたちをしてはいなかったわ。それはちょうどまさにアルミナが、その呪われた子供を産み落としたばかりのときで……アルミナは本当に、あの可愛らしかった少女が見る影もなくなってしまっていて……私、そのゆりかごのなかを見たとたんに恐怖のあまり気を失ってしまって……私サラミスに来るまでの途中でグインとその話をしたのだけれど、グインが見たとき、というか紹介されたときには、驚いたことにもう、アモンはすたすたと歩いていて、そして喋ることはもう、百歳も年をとった世慣れた老人のようだった、だけれどもその目は――ああ、グインはとても妙なことをいっていたわ。『まるで、大宇宙に通じている光の渦のようだった』と」

「大宇宙に通じる光の渦……」

「そしてグインのいうにはアルミナも、すっかり一見では元気を取り戻して、だけれども中身はそれこそカナンの石像のなかにとじこめられた人のように恐怖におののいていたといっていたわ。私、彼女のことも助けてあげなくてはならないと思うわ。……いまからでももし間に合うものならば」

そして、リンダは、ナリスの健康にさわるのではないかと心配しつつ、手短かに、グインとのクリスタル・パレスからの脱出行――そして、その途中のあの倉庫、グインが火をかけた倉庫で見た、何百という眠っている孕み女をおさめた木箱の話を物語った。

「私……私、どれほどとてつもない空想家だといわれても……あの木箱のなかにいた女の人たちのお腹のなかには、すべてあのアモンのような怪物の胎児が植え付けられていたのだと思っているわ。……グインもそういっていた、おそらく、その怪物たちが大人になると、あのゾンビーたちをあやつり、ゾンビーたちがそれぞれにまた何百人かのからくり人形のようにさせられた兵士たちをあやつる魔道を使うのだろうと。それによって、あのキタイの軍勢が出来上がり、それが中原を侵略してくるという、そういう計略だろう――グインはそういっていたのだわ」

「なかなか、信じがたいことだね！　むろん私は、オヴィディウスのゾンビーも見たことだし、何ひとつ君のことばを疑ってはいないのだが。それにしても、そんなことを、パロのふつうの民たちに信じさせるのはどんなにか大変だろうと思うよ」

「そう、でも本当のことなんだわ。そしてそのなかでも、あのアモン――あの、子供のすがたをした怪物ほど恐しいものはないと思うわ。私がみたのはただの渦巻きだったけれど、あれはなんだか……なんといったらいいのだろう。本当に邪悪なもので……私、見ただけで気分が悪くなって倒れてしまったけれど、それは、あそこから吹き付けてくる瘴気があまりにも邪悪で、異質だったから……それは、この中原、いや、この地上のどのような《悪》ともまったく異質なものに私には思われたの。――あまりに漠然とした言い方すぎるかしら」

「とんでもない、とてもよくわかるとも。私だっていくばくかのそうした経験はしたのだからね。……そう、そのアモンを王太子として、かれらは最終的にパロの王にしようともくろんでいるのだね。恐しいことだ――そうなってしまえばおそらくもう、どれほどあがこうと私と君などでは手も足もでないことになってしまうのだろう。――でもグインがそのたくらみをそうやって阻止してくれたからには、少しは、怪物アモンが仲間を育てるこころみも遅らされたことになる。たぶんあちらはまた同じことをたくらむのだろうが――少なくともちょっとだけ、われわれには時間的な猶予ができたことになるね」

「ええそう、そうなの！　だからこそ、私も、いまこそなんとかしなくてはならない、いまのうちにどうしてもなんとかしなくてはならないと思っているの！」

「ああ」

　ナリスは、疲れたように、しぼりだすような吐息をついた。リンダは心配した。

「大丈夫？　ナリス、お疲れになったのではない？　私もう、ひきとったほうがよければ……」

「とんでもない。明日になったらまた君にサラミスゆきを頼まなくてはならないのだから――それについては申し訳なく思っているよ、だが、グインをとにかく連れてきてほしい。そして私の知識とグインのそれとをあわせられれば――もうちょっとまたいろいろなものが見えてくるだろう。おお、もちろん君のも、そしてヴァレリウスのものも――だんだん、いろいろなものが見えてきた、と私は思っている。だからこそ、必死になって体力を取り戻そうとしているのだよ。本当にいまとなると……昔、まだ、かよわいのどうのと思っていたところで充分に普通の人と同じだけ動き回れたころに、どうしてあんなにからだを鍛えることをおろそかにしていたんだろうと思うよ。筋肉がついて腕がふとくなってしまう、などとおろかなことをいってね！」

「まあ」

　リンダは驚いたようにいった。

「あなたがそんなことをおっしゃるなんて……あ」

　さいごのことばは、影のように入ってきたカイに向けられたものだった。カイは、ひっそりと吸呑みを手にして入ってくると、「失礼いたします」とささやいて、ナリスの唇にそれをそっとあてがった。何も説明もせず、リンダにことわりもしなかった。ナリスはそれをむさぼるようにのみ、そしてかるく息をついた。するとカイはまた一礼して、そのまますっと出ていった。

「あの子は……何タルザンかおきにああしているの?」

「ああ、そうだよ。そうしてもらわないと、私のなさけないのど
は、自分で自分をうるおすという機能をも失ってしまっているのだ。ひっきりなしにそうやって水分を補給しておかないと……自分の手でまた好きなように水を飲むことさえもできないときているからね」

「早くサラミスからグインを連れて帰ってきて——そして、そのあとはもう、私、ずっとあなたのそばにいて、カイにはまかせないわ。私の手で、あなたが自分自身でするよりもずっと満足がゆくようにのどをうるおし、からだを気持よくさせておいてあげたいわ。そうしたらきっとあなたのからだも少しづつ回復してこられると思うわ」

リンダはささやいた。そして、おのれのことばに胸をあつくして、そっと——だが、ナリスの傷ついたからだに可能なかぎりつよくナリスのやせた手を握りしめた。

「さいしょはなんだか、あなたが遠く——とても遠い人になってしまったような気がして、気持がしりごみしてしまっていたけれど——それはきっとあまりにも長いあいだひきはなされていて、そして、そのあいだどちらもあまりにもきびしい試練を経てきたせ

いだったんだわ。——ほんとうにいろいろなことがあったわ。口では言い尽くせないほど——何ひとつ外の状態がわからずにじっとあのいまわしい牢獄に閉じこめられていることも、あまりにおおきな試練だったし——それに、ねえ、ナリス、私、竜王の陰謀で、あなたが《死ぬ》ところを見させられたのよ。あのどこかの森で——あなたの軍が戦っていて、それから突然『パロ聖王アルド・ナリス陛下御崩御！』っていう悲鳴のような声がきこえて。ああ」

リンダは思わずそっと自分の耳を手でふさいだ。

「あのときの恐ろしかったこと、あの何もかも世界が一瞬にしてくずれおちて地の底に飲み込まれてゆくような感覚は一生——たとえ私がこのあと白髪のおばあさんになるまで生きていたとしたって忘れっこないと思うわ。……ただ、ヤーンの神様のはからいだったのかもしれないけれど、私、そのまま気を失ってしまい、そして長い魔道の眠りにつかされていたらしい。目がさめたとき、そこにグインがいて——いえ、夢のなかで、グインが『いますぐ出てこい』と呼ぶ声をきいて、それで私、ふらふらと起きていったらそこにグインがいたのだけれど——あれもとてもふしぎなことだったわ」

「君とグインはいつも何かふしぎなきずなに結ばれていると私はずっと感じていたように思うよ」

ナリスは云った。カラム水でのどを湿したので、またいくぶんナリスのようすは楽そうになっていた。

「あの遠い昔のルードの森以来、いつも彼は君にとっては守護神の役を果たしていたようだしね。……ともあれ、彼は、彼でなければ誰にもなしとげ得ないことをした。なんとか君を救出しようとしたヴァレリウスはかえってそのまま自分がとらわれ、あわやいのちを失うところだった。彼はありたけの力でやってくれたのだから、何も責めることなどできようはずもないが、それにしても、グインがいてくれなかったらどうなっていたか、と思うと――」

「そうね。本当にそうだわ」

「これまではなんだか、本当にグインという存在がこの世にいるのかどうか、いかにいろいろな話をきかされても、ちょっとわからなかったというか、実感をともなっていなかったところがあったよ」

ナリスは目をとじたまま瞑想的にいった。どのみちこの暗さだと、もう、目をあいていてもあまりよく見えないのはいまのナリスには同じことだったのだ。

「だが、君の話をきいているときだけ、グイン、豹頭のグインという存在がなんだかうつつのものとして感じられる。――神がまだ、私に、明るいところでならグインのすがたかたちくらい、見ることができるだけの視力をかろうじて残しておいてくれていることを、これほど私は感謝したことはないよ」

「ああ……ナリス」

「早く彼に会いたい。そのとき世界はかわる——私が彼に会うとき世界は必ず変わる、いや、それは私の世界が変わるだけなのかもしれないが、それでも世界はかならず変わる——ずっとそう思い続けてきた。あまりに熱望しつづけて、それが本当に実現するだろうとはとうてい思えなくなってしまったくらいに。だから、君がひとりでサラミスから到着すると伝令がきたときもかえって、やはりそうだったろうと驚かなかったような気がする。本当にグインなどというものが存在するのかと、ほとんど信じられなくなっていたからね」

「大丈夫よ。次に戻ってくるときには私はグインといっしょだし——そう、彼とひと目お会いになりさえしたら、二度とそんなことは考えないと思うわ。彼はとても確かで——そしてとても頼もしい、私はいつも、彼のそばにいると、もうこれで何ひとつ悪いことはおこらないだろうという気がしたものだわ」

「ひとつだけ、ずっときいてみたかったことがあったのだけれどね」

ナリスはいくぶんかつての彼をしのばせるような、いたずらっぽい笑い声をあげた。

「なあに、ナリス」

「君は、彼の——彼のひげをひっぱってみたことはないのかい！　そうしたら、たちまちに、彼の豹頭がほんものなのか、それともそうではないのか——仮面をかぶせられただけだったのかわかるだろうと私はずっと思っていたのだが」

「まあ、いやだ、あなたったら」

リンダは思わず笑い出し、それから、病中の夫にたいして不謹慎かと口をつぐもうとしたが、また笑い出してしまった。

「まあ、驚いた、あなたがそんな悪戯小僧みたいなことを。ナリス」

「私はもともといたずらこぞうにすぎないよ。ことにそんな、豹頭のふしぎな人間などという奇跡に対してはね。……私がこのようなからだでよかったかもしれない。そうでなかったら、私はきっと彼をみるなり、ひげをひっぱったり、口をあけて中をのぞかせてほしがったり、首と豹頭のつけねがどうなっているのか調べようとそこらへんをさぐりまわしたり、ありとあらゆるいたずらをはじめて彼に殴りとばされてしまったかもしれないよ。どうしてじっさい、君たち、彼を見たことのあるものがそうせずにいられるのだか、私にはわからないほどだよ！」

「まあいやだ」

リンダは笑った。それからちょっと驚いたようにいった。

「ああ、そうね！——ああ、驚いたわ。そう、彼は豹頭だったのね。なんだか、もうそんなことはすっかり忘れてしまっていたわ。そうよ……彼を見ていると、最初はびっくりしても、二度めからは彼が豹頭だ、なんていうことはまったく考えなくなってしまうの。私ももう長いあいだ、そんなこと考えたこともなかったわ。……そうね。考えてみたら、彼は豹頭王だったのね！」

＊

その翌日。

ことなくひっそりと過ぎた一夜があけてすぐ、ヴァレリウスはリンダをともなって、サラミスへとむかった。まだ、リンダたちを迎えるためにサラミスへ五百の軍勢をひきいてむかい、リンダだけが戻ってくることとなって五百の軍勢に護衛させて自分はさきにマルガに戻り――スカールとの遭遇があったのは実はそのマルガに戻る途上のことであった――まだ、それから四日とはたっていない。席のあたたまるいとまもないとはこのことであったが、どちらにせよ、魔道師のヴァレリウスにとっては、《閉じた空間》を利用して、もっとも素早くあちこちを往復できる自分こそは、そうやってほかのものにはできない重大な使者の役をはたすのこそが、もって生まれた使命でしかなかった。

もっとも今回はリンダがいたから、《閉じた空間》を利用するというわけにもゆかなかった。ふたたび今度は三百のカレニア騎士団にリンダを護衛させて出立させると、ヴァレリウスは、ちょっと遅れてそのあとを追った。

「ともかく、何かあればすぐ連絡してくれるよう、ギールにも、ディランたちにもいってありますから」

　出かける直前にいそいでナリスの寝室にあらわれたヴァレリウスは、いくぶん心配そうなナリスにそう念を押した。

「ご心配なさらずに。――このところは一応まだ、四方の情勢は様子見でとどまっているようですし――リンダさまにはちょっと強行軍していただきますから、日頃予定するよりはまる一日以上早く戻ってこられるはずです。もちろん何か突発事態があれば私はさきに戻ってきて指揮をとりますし、ヨナは、私が戻ってくるまではイシュトヴァーンの説得には出かけないといっております。――それに、私はちょっともくろみがあるのですよ」

「もくろみ？」

「できることなら、なんとかして――どこかで、イェライシャ老師を呼び出せるようにできないかと思って」

　ヴァレリウスは考えこみながら、

「そうすれば――あの老師なら、間違いなく、リンダさまに《魔の胞子》が植え込まれているかどうかを見抜いてもらえます。私のそれをとりのぞいてくれたのも彼ですから……なんとかして、イェライシャを呼び出すことができれば、それでこの問題は解決するのですけれどもね。――きのうお話したかぎりでは、リンダさまご自身もそういう懸念は、もっておられるみたいだし、そのいっぽう、お話しているあいだは非常に正常で何ひとつおかしなところはおありにならない。だが、一番恐しいのは、あの《魔の胞子》は、それをほどこされた当人にはまったく気づくすべがない、ということですから。……イェライシャ老師になんとかして、今よりもっと明確に、あれに深く汚染されたものを見分ける術がないのかどうか、きいてみたいものなのですがね。このさきも、でないとずっと我々はその不安に悩まされつづけることになる。また、我々がいったんそういう不安を抱いてしまえば、我々を疑心暗鬼にするのはあちら側にはいたってたやすいことですから……ですから、こんどは、じっさいに《魔の胞子》におかされたものを送り込まなくても、そうではないかというほのめかしを吹き込むだけでごく簡単に、味方を信じられないようにさせたり、仲間割れをさせたり、もっとはなはだしくなれば、味方を殺してしまったりさせられるようになりますから。——それが恐しいので、私はこのことについてだけはつねにすっきり結論を出しておきたいのですけれどもね」

「私のことは心配いらないよ、ヴァレリウス」

ナリスはかすかにほほえんだ。リンダの帰還は、まだそのまま一夜かたわらにあっただけでただちにサラミスにとんぼ返りするようなものでもあれば、そのような《魔の胞子》の不安をぬぐいきれもしないままのものでもあったが、それでさえ、ナリスにその帰還がもたらした影響力は非常に大きなものがあるようだった。カイが顔色を明るくし

てヴァレリウスに報告したとおり、

「きのうの夜はずいぶんよくおやすみになれたようで……けさも、いつもよりも一ザンもあとまで眠っておられました。お起こしするのがお気の毒なくらいに……それに、そのあとも、朝はいつもどんなに頑張っておられても、スープ類しかあがれないのですけれども、けさは、そのスープにやわらかいパンを少しちぎってひたしたのも召し上がりましたし……」

というような影響を、リンダはナリスに与えることができているようであった。

「今日はちょっと、お顔の色もよろしいようですよ、ナリスさま」

ヴァレリウスもそれを認めてうなづいた。

「リンダさまがずっとかたわらでナリスさまの面倒をみておあげになるようになれば、ずいぶんおからだも楽になられるかもしれませんね。それは私もおおいに期待しますよ。私はどちらにしても、このとおりかけまわりつづけなくてはならないでしょうしね。――だが、ともかく、グインどのとリンダさまがあちらを発たれることになりしだい、私のほうはさきにマルガへ戻ります。どうもこうも、あけていると心配でしかたがない。――といって、あけないわけにゆかないのですが。ただ、とりあえず、カラヴィア公アドロンどのからの親書も、けさがた届きまして、ヨナ先生とこれについてどのていど信頼できるのか、ちょっと相談中ですが、アドロン公は、愛息アドリアン子爵救出に力を貸してくれるのならば、わが軍につこうという返事をついによこしてこられました。ただ、これはこれまでずっと、同じことをくりかえしくりかえしこちらから使者を出してもいっこうに返事もないまま黙殺していた公のことなので――今回のことで、アドリアン子爵がクリスタル・パレスに人質としてとられている、ということをはっきりと認識してついに国王にたてつく気になったということなのか、それとも裏があるのか、これまたよくわからない――本当はこれも、私がそちらにいって調べてこられたらいいのですが、あいにくとカラヴィア軍はあまりにもクリスタルに近いところにいるので――あまりそちらの版図に深入りすると、こないだの二の舞になっても困りますしね」

「アドロンについては、とりあえずいまはクリスタル郊外でレムス軍とにらみあっているまま、レムス軍の返答を待っているという話だったが、レムス軍がアドリアンを返すという条件でカラヴィア騎士団を味方につけてしまう展開も充分ありうるのだからね」

「それは、もう当然考えておかなくてはなりませんが――こうなると、しかし、ケイロニアがついていれば、さしも勇猛なカラヴィア騎士団も、またゴーラ遠征軍もあまり問題はないという気分になってくるからおかしなものです。……なんといっても豹頭王がひきいる世界一の軍事大国、ケイロニアさえいてくれれば、ということはありますから。……だからこそまあ、どちらの側もグインとケイロニアについてはどうしても味方してほしいとやっきになるのですけれども」

「ともかく一刻も早くグインに会いたい、ヴァレリウス」

ナリスは云った。その、見たかぎりでは以前とどこもかわらず黒く深い光をたたえているように見える目が遠くを見つめるようにまたたいた。

「私が本当にすべての視力を失ってしまうまえに——ということもあるけれども、それにも増して——なんだか、もうこの数日が本当の正念場だという気がするからね。このあいだにグインに無事に会えるかどうかで、私たちのこの反乱の運命も最終的に決するという気がする。おかしなことだ——もう、ほとんど、グインはわれらの味方をすると決めてくれたのも同然だし、リンダをここへ救出してきてくれたのもグインだというのにね。……どうして、こんなにまだ不安というか、信じられない感じがするのだろう。とにかくここ、マルガの地でじっさいにグイン王と会って握手をするまでは——そうだな。むしろ、近くにきていると思えば思うほど、そこから先が本当に実現するのかどうか、ということが不安で不安でしかたなくなる。またしてもなにかおおいなる運命の悪戯でひきはなされて、どうしてもある程度以上近づくことができないのではないか——そんな気がしてしまう。その思いも、とにかくこのマルガにグインを迎えることさえできればふっとぶだろうに。……とにかく、早く戻ってきて、ヴァレリウス。そして、グインを必ずマルガに——そのときはじめて、ものごとは正しくなるという、私はそんな気がするよ」

「私もそう思っておりますよ。私は何回かグイン王にお目にかかっている分、もっとはっきりと」

ヴァレリウスはそっと、寝台に近寄って、ナリスの布団を直してやった。

「ともかく、三日以内にはマルガに豹頭王をお連れするつもりです。お待ちになっていて下さい――いまのところ、マルガの守りは万全です。ダーナムの防衛にさいていた軍勢も半分以上こちらに戻らせましたし、いまのことのわれらのとぼしい防御力のすべてを注いでマルガを守っておりますからね。ともかく三日、三日だけお待ちいただければ――情勢が三日だけとまっていてくれれば、これまでの劣勢も一気にくつがえすことができるでしょう。ではいってまいります」

3

自分がいったい、何にはっとしたのか、よくわからぬままだった。——もともとリギアとても鍛えぬかれた戦士である。その直感は時として、ベテランの傭兵なみのするどさを発揮するが、それはもう、けっこう長いあいだ、最前線で自ら剣をとって戦う一兵としての必要性を失っていたので、このしばらく忘れられていたのかもしれなかった。だが、こうした訓練された感覚というのは、しばらく必要なかったからといって、退化するというものでもなく、そういうものが必要になってくるとたちまちあらわれてくる——そういうものであるらしい。

(あら……)

リギアは、ふいに、はっとしてふりかえった。だがその瞬間には、

(なんだか……)

リギアはおのれの感じたするどい不安めいたものが、いったい何に由来するのか、瞬間わからずにいたが、それから、気づいて、再び何がなしはっとなった。

（カラスが《ガーガー》……）

中原でもこのあたりでは、そんなにも数を見ることのないはずのその、不吉な大きな黒い鳥が、異様に群れをなして、一気にリギアからみて右手の方角の森の木々の梢から飛び立ったのである。それは、かなり尋常でない数のガーガーであった。

（何か……いるのかしら）

リギアは不安にかられた。ガーガーは俗説に《屍食い鳥》と呼ばれている——当のガーガーがきいたらさぞかし怒ってぬれぎぬであると訴えたかもしれないが、動物の死体があるところにむらがって寄ってくる、というのは本当のことだ。

（あのあたりに、獣の死体でも……）

だがそれにしては、百羽をこえるたくさんのガーガーどもがいっせいに飛び立ったさまが、そういう獲物を見つけたような、そんなものではなかった。かれらは、それこそ平和な眠りをでもおびやかされたようにいっせいに飛び立ったのだ。

夜である。——それも、かなり深まってきた夜だ。あの日、あのまま、小さな山の宿を飛び出したリギアは、激しく心急くままに、あまり人里から人里へもたどらず、マリンカをせきたて、山道をサラミスの方向、あの猟師がスカールの軍勢を見たという方向にむかって走らせたのだが、こうしてやみくもに山中に分け入っていっても、とうてい偶然にスカールの騎馬の民とゆきあえる可能性はない——それよりもはるかに、山賊だの、余分なものに出会ってしまう可能性のほうが大きいだろうということを悟って、一日でそのむやみな疾駆をやめたのだった。

そのあと、だが、いろいろと考えてみた結論はやはり「南西」であった。どう考えても、たとえスカールがどのような気まぐれにとらわれようとも、もうスカールには、北や東を目指す理由がない。ことに騎馬の民には、北は寒いだけで、どちらかといえば敬遠したい場所のはずだし、ナリスにすっかり失望したからといって、スカールがレムス政権に拠る、ということは考えられない。

となると、たとえ草原に戻るというつもりではなくても、スカールと草原の民たちの足はおのずと南西、あるいは南に向かうだろう――それが、リギアの出した結論であった。

(もしも、太子さまが、何か別のお考えをおもちだったら、私はとんでもない見当はずれにむかってあとを追いかけていることになってしまうけれども……)

だが、それでも、あてどもなく北、東、東北の方面に向かってゆくよりははるかにいいだろう。そして東南はマルガ、いまならスカールが確実に避けているはずの場所だ。

(いいわ。私は南西にいってみるわ……)

そう心を決めて、そのあとはだが、なるべくやはり人里には出たくなかった。いまのリギアは、スカールの情報を得るためにならばともかく、それ以外ではとにかくひとと口をきくこともわずらわしい。かつては、とても愛想がよく、ひとをうち解けさせるのがこんなにうまい女性はいないといわれたほど、なつこいリギアであったが、なんだかこのところのもろもろで、すっかり自分が人嫌いになってしまったような気がして、とにかく、なるべくひととは無用に接触したくなかった。それに当然、そうしてひとと接触すれば、もめごとのおきる確率も高くなろうし、ひとり旅の、男装の女騎士にたいして、いらざる好奇心を抱くやからも出てこよう。それもうっとうしく、わずらわしい。いまのリギアは、それがまったくの八つ当りであると知りつつ、パロの民すべてに対してもう、一刻も早く別れをつげ、中原の中心部そのものからも離れたい気分であった。

(あたしは、所詮、この国の女にはなれなかったのだ……)

もともと、この国とは、なぜか性があわない、とずっと感じ続けてきた。由緒正しい聖騎士侯ルナンの息女として生まれながらである。ことにクリスタル宮廷の貴婦人たち、貴族たちには、はじめから、吐き気をもよおすほど、うまがあわない、と感じ続けてきた。この国の何もかもがそりがあわなかった。この国にいて幸福だと感じたこと、この国の民に生まれてよかったと感じたことは一回もない、とさえいっていいくらいに。

(あたしは……どこへいっても、白い目でみられ……生まれぞくないとこっそりかげで云われ、男女とののしられ、みだらな、けじめのない、ふしだらな淫乱女扱いされ……言い寄ってくる男といえばそのうわさを都合ゆよく勘違いしてひとを娼婦のように扱おうとするばかどもばかり……）

ナリスさえいなかったら、とっくにこんな国はおん出ていただろう。わが弟とも、唯一のあるじとも思うナリスのいるあいだはと、奔放に遊んだり、下町の学生たちに接近したりしてうさをはらして、かろうじて我慢してパロにとどまり続けてきた。だが、それももう、そんな必要さえもない。

（ナリスさまがいのちあるあいだはと思いもしたけれど……いまはただ、ひたすらこの国を出たいだけ……）

スカールのあとを追って、というのさえ、あるいは口実であったかもしれぬ。

むろんスカールのことは愛していたし、スカールだけがいまとなっては、ただひとりのおのれの希望でもあれば、わが男と思ういとしい人でもあったが、それ以上に、リギアは、パロへの嫌悪、ナリスとヴァレリウスへの反感のほうがおのれのなかで強まっているのをいたく感じていた。

（あの人たちをもう……見ていたくない、あの人たちの前ではあたしは……なにものでもない、あの冷ややかな、決してあたしを認めもせず、受け入れもせぬまなざしの前にいるのがいや。……あたしは……なんでこんなことに気づいてしまったのだろう……）

（あの人たちはあたしを要らないのだ……）

それは、残酷な認識であったが、いまのリギアにとってはいっそ、ひりひりする傷をつめたい風にさらすように、自虐的な心地よささえもともなっていた。なんとか、自分をだまして、いろいろと得心のゆかぬことを、おしかくしてナリスへの忠誠をたもちつづけようとしていたころに比べれば、なんとも気分的にはむしろすっきりしたものだと思う。

（そうだわ……あの人は毒……あの人は誰もかれも変えてしまう……ヴァレリウスだって、昔はあんな男ではなかった。もっと朴訥で、素朴で……あたしを愛している、崇拝していると云っていた。それがあんな冷たい、そのへんの石ころをでも見るような目で見るようになった……）

（ランもだわ。アムブラで、一方の旗頭として嘱望されていたころ、カラヴィアのランはあたしにはとても、リギアさま、リギアさまと慕ってくれていた。あたしを、ナリスさまへの唯一の架け橋のように思い、ナリスさまの乳姉弟であるあたしを尊敬し……だけどいまの、将軍様になってしまったランはかつてのあの純朴なカラヴィア生まれの学問に夢を抱いていたあのランじゃあない……まるでいまのランは別人だわ。顔さえもあんなにずいぶん変わってしまったし……）

（ヨナは……ああ、あの人はあたしには、以前からなんだかちょっとよくわからなかった。パロのものではないからなのかもしれない……沿海州の人間というのは、あたしにはあまりよくわからない。……なんだか、何を考えているのかわからないところがあるし、それがミロク教徒とあってはなおさらのことだわ。……二重にあの人は、ひとをよせつけない。ナリスさまには違うのだろうけれども……アムブラではどうだっただろう。あのころのほうが、まだちょっとは人間くさいところがあったような気がするのだけれど……）

ナリスは、身のまわりによせつける人間たちをどんどん変えていってしまう――リギアは痛く思った。

（そしてあたしも……変えられた一人かもしれないのだけれど……）

いろいろと物思いながらずっと馬にゆられてゆくにも、あまり人里に近くないほうがよかった。怖くはない。いまのリギアにとってはむしろ、怖いのは他の人間とゆきあうことであった。孤独も、他のふつうの女ならふるえあがりそうな誰もいない山中も、もしかしたらしのびよってくるかもしれない怪異ももう、ちっとも怖くはない。ただ、《人間》だけが煩わしく、鬱陶しい。

そう思って、ただ自らあまりに無謀に難儀を招き寄せるつもりもなかったので、適度に人里をはなれていて、適度にいざとなれば人里に戻りやすい旧街道を選んで南下を続けていたのだ。それに、それはまたおそらく、スカールの選びそうな道でもあると思う。これよりも山深い道となると、草原の騎馬の民にとってはちょっと、ゆくのが大変だろう。草原の馬は山道には馴れていない。

(なんだろう、あのガーガー——あの鳥どもがあんなふうに騒ぐときって……)

リギアはしばらく考えこんでいたが、やがて、マリンカからひらりと飛び降りた。いくぶん不安そうにしている愛馬の首を叩いてなだめてやり、あらためて空を見上げる。ガーガーたちは、中空を飛び回りながら、その下にむかって怒ったように名前の由来どおりガーガーと鳴きたてている。何か、その下にあるものを威嚇でもしているかのようなようすに見える。その中の何羽かが、まるで下から逆に何か投げつけて威嚇しかえされた、とでもいったようすでまたしてもぱっとそこから飛び退いた。

(間違いない、あの下には……死体じゃなくて、生きた何かがいる……)

それも、あんなに広範囲にわたってガーガーたちを飛び立たせるというのは、ひとつやふたつではなく、かなりたくさんのものがあるのだと見たほうがいい。

(人間……軍勢……? それとも山賊——?)

リギアの心臓はどきどきと打ち始めた。

山住みの山賊ならば、むしろガーガーには馴れていて、ガーガーのほうもそれほど驚かないのではないかという気がする。

(と、すれば……)

もしかして、首尾よくスカールの軍勢と行き会えたのだろうか?

だとしたらあまりにも話がうますぎるくらい、素晴らしい偶然の展開といわなくてはならない。ヤーンがやはり彼女とスカールを会わせようとしているのか、それとも——

(だけど、そうでないとしたら)

リギアは、なんとなく不安そうなマリンカをなだめて、また騎乗し、旧道を横に入る狭い側道がちょっと手前にあったのを思い出してそこまで引き返した。

その細い道に入ると下ももうまったく舗装してなくなるし、急にあたりはぐんと山深さを増してくるようにみえる。両側から森が迫ってきて、見上げる空も一段暗くなったような気がする。そこをしばらくいってから、リギアは、馬をおりた。

「いいこと、ここでしばらく待っていてちょうだい。あたしはちょっとようすを偵察してくるから」

言い聞かせて、マリンカの手綱を木の枝につなぐ。いなないてそのありかを知られることがないように、はみをかませて嗚けないようにした。この山中で馬を失ったらそれこそ遭難してしまう。馬だけがいまのリギアには命綱なのだということもあらためて感じる。だが、側道の入り口からちょっといったところに身をひそめてようすを見るくらいなら、マリンカからそれほど離れずにすむ。

(気配がこっちに移動している——こっちに向かっている)

もしもこれがスカールの軍勢であってくれたら、という祈る思いをつのらせながら、リギアはマントのフードを銀色のかぶとの上にひきあげて闇にまぎれて目立たぬようにし、マリンカをおいて側道の入り口まで戻った。剣の柄に手をかけたまま、側道から街道に入るかたわらのしげみのあいだに入り込んでゆき、そっと身をひそめる。あたりはかなり闇が濃い。そのつもりで茂みをひとつひとつ照らしてゆかぬかぎりは、さっとあかりをあてられたくらいでは、見分けられないくらいに葉も茂っている。

リギアは心臓をどきつかせながら待った。もう間違いはなかった。確実に、足音が――騎馬の、それも少なからぬ人数の足音がこちらのほうへと近づきつつあるのがきこえてくる。もう、気配ではなく、れっきとした物音であった。リギアなどには聞き慣れた、間違いようもない物音――相当多数の騎馬の軍勢が、闇にまぎれて移動する物音である。馬のひづめがレンガの街道を蹴る音、馬のいななき、それをとどめる「シッ！」という叱責のささやき、ぴしりというムチの鳴る音、よろいのがちゃがちゃ鳴る音、よろいに剣のさやがぶつかって立てる音――

相当に訓練された軍勢だ、ともリギアは感じていた。かなりの人数だと思うのに、私語の声がほとんどきこえない。あまり訓練のゆきとどいていない軍勢だと、先頭とか、指揮官に近いあたりは比較的整然としていても、指揮官の目が届かないあたりになってくると、どうしても雑然とした私語がうずまいてくる。それがないということは、それぞれが非常に強い自覚を持って移動している軍勢であるし、また――

（ここにいることを、自分たちがこうして移動しているということを他のものたちに知られたくない理由のある軍勢だわ……）

しだいに、リギアの心臓はどきどき鳴る音が高まってきた。それが期待によるものなのか、不安によるものなのか、彼女にもわからない。だがなんとなく、スカールの軍勢だ、という可能性は少ないようにも思えた。

（スカールさまの騎馬の民なら……よろいはあんまりガチャガチャとは鳴らないだろうし……）

それに、職業的に訓練された軍勢というのとはまた、ちょっとおもむきが違う。必要とあらばいつでもかれらはびしっと、無駄口ひとつきかずに統一行動がとれようが、日頃はもうちょっとざわざわしている。それに陽気だ。互いに叫びかわしたり、馬に話しかけてやったりしながら進軍する。それが、草原の神モスの心にかなうと信じているのだ。

（それよりももっと……ひたひたとした……なんだか、ひどく統御のゆきとどいた感じのする……）

こんなところを、こんな夜半に、そんなふうにして移動しようとしている軍隊――

リギアは、しだいに、期待の泡があとかたもなく消え去り、そのかわりに、つよい不安だけがつのりはじめるのを感じていた。

上空ではなおもガーガーがガーガーと怒りながらついてきている。それはだが、いまのリギアには、その下にいる軍勢の道しるべのように思える。あのガーガーがいなかったら、何も気づかずに単身、この軍勢と正面衝突するはめになっていたかもしれない。このあたりの本道は一本道だ。気づいたときにはもう、横道に逃げることもできない、ということになっていた可能性は充分ある。この夜中に、ひとけもない旧道を南下してゆく単身の傭兵、音もなく粛々と進んでくる軍勢、いずれも挙動不審もいいところだ。

(見えてきた!)

ガーガーがますます激しく鳴きたてている。その下、茂みからそっと首を出してみたリギアの目にうつったのは、ひたひたと街道をこちらにむかって——ということはリギアのきたほうにむかって進んでくる黒いかたまりのようなものだった。

(旗さしものものぼりも何もたってない。……ますます、これは……)

軍勢がこのように行動するときというのは、決まっている。

どこかから逃げていて、おのれの行動を知られたくない状態の連中か——だが、それならここまでは整然とはしていないかもしれない。もうひとつは——

(どこかを……迂回してこっそり奇襲しようとしている軍勢だ)

リギアの額に、我知らず冷たい汗が滲んできた。

(近づいてくる——!)

かなりの人数——などというものではなかった。

黒々と街道にわだかまっているうねりは、リギアのところからは、いったん先頭が見えたとなると、どこまでもどこまでもうしろに続いているような気さえするほど多かった。しかも、あかりもほとんどつけていない。前の者を見失わないように、という命令であかりなしで進んでいるのだろう。こんなひとけのない街道でそれだけの用心をしているということは、ますますあやしい。

（すごいわ。……千や二千じゃないわ……いや、一万でもきかないかもしれない……まるでひとつの町がそっくり移動をはじめたくらいいそうだわ……）

かなりあいだをつめて、前の馬にそれこそすりよるようにして進んでいるようだ。リギアは、先頭がかなり近づいてきたのをみて、いそいで小さく茂みのなかに身をひそめた。先頭にだけ、ごく小さなかんてらがともされている——あと、いくつかの中隊にわかれている、そのそれぞれの先頭にだけ、同じようにかんてらがあって、ほかのものはすべて、おのれの隊のそのあかりをめあてに行動しているようだ。

（まるで……夜から忍び出てきた影のようだわ……）

リギアは息をつめた。

ついに、先頭のあかりが道を照らし出しているのが見えるくらいのところまで、近づいてきた。リギアはいっそう茂みの奥にもぐりこむ。

（お願い……マリンカ、静かにしていてね）

いななかないようにはしてあるが、暴れたりして何か気づかれたらと思うと心臓がちぢみあがる心地がする。もはや、これが、味方ではないだろうということは——いまのリギアにとってはもう、何が味方で何が敵かもよくはわからなかったが——はっきりしていた。だがスカールの軍勢でないことだけはもう完全に確実だった。スカールの軍勢とは、人数もかなり違う。スカールの軍勢の数倍いるだろうし、その上に、装備が全然違う。紋章もとりさり、旗指物も出さず、マントをかけて極力、どこの軍勢かひと目ではわからぬように注意をしているようすだが、人相風体だけみてもあきらかにこれは中原の軍勢だ。

（レムス軍……？）

まず、思ったのはそのことだった。

だが、先頭の軍勢がさしかかったところでその疑いは消えた。リギアにはもっとも見慣れたパロの軍勢——かれらが用いているよろいかぶとなら、どんな地方の隊のものでも、リギアにはたちどころに見分けがつく。

もし彼女の——そして人々の目をごまかすために新しいよろいかぶとを用意したのだったら、それはその新しさそのものでわかってしまうだろうし、それに、そんなに短期間にそんなに大量の新しい装備を準備することはできるはずもない。また、傭兵隊でもないことは、その装備がすべてそろっていることで明らかだ。

（このよろいかぶと……紋章がなくてマントで隠れていると案外わかりにくいけれど……でも、どこかで、見覚えのあるような、ないような……）

クムのよろいかぶとはまた、著しい特徴があって、きわめてごついのですぐそれとわかる。かぶとなどは、遠くからかたちをみただけでさえたちまちに、クム兵、とわかるくらいに特徴のはっきりしたものだ。「かぶと虫《グーラグーラ》」と渾名されているように、それは他国のものにくらべてきわだって重たく大きい。それが長所でもあれば短所でもあるといわれるほどにだ。

いっぽうパロのよろいかぶとはうすくて軽い。機動力のほうを優先している分、防衛力には弱い。パロの人々は体力がないので、クム兵のような重たいよろいかぶとをつけたら、そのことで疲れてしまってすぐにへたばってしまうからだ、といわれている。

モンゴールのよろいかぶともかなり重たいものだったが――

（これは……となると……）

ケイロニア軍か、ゴーラ軍か。

そのあたりなら、もしも紋章をとってしまったら、そしてケイロニアの十二神将騎士団ならば特徴としているそれぞれの隊の象徴となる動物をあしらったかぶとをとってしまったら、あまり見慣れていないリギアには、こんな印象を与えるかもしれない。

（それにどちらも……いまちょうど、このあたりに入り込んでいるはずだし……）

だがもう、リギアにとっては、パロの情勢の最先端の情報を得ていたのもけっこう前だった。その後村々や泊まりの宿で小耳にはさんだ程度の情報しかないリギアには、確かにパロの内乱にさいして、ケイロニア王グインとゴーラ王イシュトヴァーンがそれぞれに兵をひきいてパロ領内に進入してきた、ということだけは知っていても、それがその後どのように動き、どのようにかかわろうとしてきているのか、それに対して両政府がどのように対応しようとしているのか、というところまでは、知りようがない。リギアがナリスのもとを飛び出してきたのは、ナリスが実は佯死であったことを知ったアレスの丘の時点である。そのあと、ナリスが文字どおり死からよみがえり、ダーナムまでのきびしい試練をきりぬけて、無事にマルガに入り、そしてカレニア政権を樹立することを宣言し、神聖パロ王国の初代聖王を宣したことは、ひとのうわさできいたし、その後のケイロニア軍とゴーラ軍の進出についても宿のうわさできいてはいる。だが、それはもうあくまでも民間の憶測やうわさ話にしかすぎない。この時代のつねとして、民間のうわさと、軍事的に斥候をはなち、魔道師を派遣して情報を集めている指揮官たち、軍の中心部とでは、情報の確実性やひろがりかたにおそろしいほどの差があるのである。ことに田舎の民衆は、自分たちにかかわりのありそうなことしか、興味をもたない傾向もある。事実、ずっと旧街道を旅しているあいだじゅう、リギアは「本当にいくさがおこっているんだかねえ！」といぶかしむ声を何度も耳にしたのである。

そのあと、このように動いただろうか。いや、こうかもしれない、というようなことは、リギアが、多少なりともこの内乱にかかわり、指揮官として行動していた経験と記憶とをあわせて考えたことでしかなかった。

いま、もはやリギアの目の前をひたひたと通り過ぎはじめているおびただしい軍勢は、明らかに、その数、一万はかるくこえている。いや、二万もこえているかもしれない。どこまでもどこまでも流れてゆく大河のように、ひたひた、ひたひたとそれはリギアの目のまえを通り過ぎてゆく。いったいいつになればこの大軍の最後尾が出てくるのか、そのときがあるのかどうかわからなくなってくるくらいだ。

そのときであった。

リギアははっと身をかたくした。

4

「マルガ！」

誰の口からもれた声であったのか。

非常に明瞭な声であった。行き先を確かめる声のようでもあり、そしてまた、かけ声のようにもきこえた。リギアは、自分の前を通り過ぎつつあるのが、いよいよこの謎めいた夜の軍勢の司令部であることを知った。

その一隊だけは、明らかに親衛隊であるからだろう、その前後の、いぶし銀色のよろいかぶとの兵士たちとことなり、白いよろいかぶとをつけていた。それが夜目に目立つのをはばかってだろう。黒いマントを全員着用し、すっぽりとフードをあげてかぶとをかくし、マントの前をあわせているので、その黒いマントの下からちらちらとのぞくまっ白いよろいがかえって、あざやかな対照の妙をなしている。それは、戦って血にまみれて敗走する軍勢のようすではなかったが、一方、それほど真新しくもなく、明らかにかなり長いあいだ行軍と、そして何回かは戦闘にも従事してきた、長旅の疲れを感じさせはする軍勢だった。

（あっ！）

ふいに——

リギアは、叫び声を必死にかみころした。

（あ——あれはっ！）

いきなり、すべての謎がとけた。リギアは、そのまま気を失ってしまいそうな興奮を、必死におさえた。

（なんて——なんていう——なんて！）

このようなところで出会おうとは——

そもそも、いかなるヤーンのはからいであったのか。

粛々と進んでゆくその親衛隊らしい軍勢のまんなかに、ひときわ目立つ一騎がいた。すらりとして大柄な、明らかにどこからみてもこれが総司令官である、とひと目でわかるほどほかのすべての騎士と似ても似つかない一騎だ。大胆不敵——というべきか、ただ単に頭にかぶりものをするのが嫌いなのか、その一騎だけが、かぶとも、またマントのフードもかぶらずに、おもてをむきだしにして馬をうたせていたから、なおのこと目立った。この一隊がきた瞬間にそのすがただけが浮き上がってみえるほどにもだ。それほどに目立つ一騎であったが、リギアが茂みからころがり出てしまいそうなくらい驚いたのは、それがべらぼうに目立ったからだけではなかった。

その一騎の、むきだしにされた顔は、その隊の先頭のものがさげているかんてらのあかりと、雲の切れ目からの月あかりでおぼろげに照らし出されている。

（ああ——っ！）

だが、どうして見間違いようがあっただろうか。

それは、比類なく目をひく顔であった。美しい——といっていいのか、悪いのか、瞬間、判断に迷うような顔だが、顔かたちそのものはなかなか端正であるには違いない。だが、美青年というには、あまりにも、暗い激しいかげりをたたえすぎていた。けわしい鼻梁、おちくぼんだ眼窩、するどい眼光、ひきしめられた皮肉そうな口もと——その口もとには深いみぞのようなしわがきざまれていて、そのせいで、年齢がよくわからないような感じをあたえる。むろん、そんなに年取っているはずもない、むしろきわめて若いはずなのだが、妙に老成した印象をあたえるのだ。

そして、その左のほほに、負傷でもしているのか、かなり大きな包帯があてられていた。上は耳にかけるようにし、ななめにあごからうしろ首にかけて包帯がまかれている。その上から黒い長いつややかな髪の毛が垂れて包帯をなかば隠していたが、その包帯のせいで、そのするどい顔は奇妙な色気のようなものを漂わせていると同時に、ひどく狂暴そうな、危険な雰囲気をもまた漂わせていた。

(イシュト――イシュトヴァーン……!)

リギアは、叫びたくなる衝動を必死にこらえた。

さいごにイシュトヴァーンを見てから、もうどれだけの時間が流れたのか。それからあとは、リギアのほうはただ、読売りの絵姿などで見たり――また、クリスタル・パレスなどの大国の宮廷で要職についていると、各国の指導者クラスのものについては、ひととおりどのようなすがたかたちをしているのか、知っておくようにと、たまに絵姿をかかせた肖像画などがまわされてくることがある。何かの折りに失礼のないように、というのが口実になっているが、じっさいには、あるていど顔を覚えておいて、ことあるときには逃がすことのないように、あるいはお忍びなどであらわれたときに発見しやすいように、ということである。そのために、各国の宮廷にはこっそり間諜が派遣されて、戻ってきてそれ専門の画家に特徴を伝えて、何回も描き直させてなるべく似た絵を作らせたりするのだ。

だが、そうして絵は何回か見ていたが、それはなんだか現実のイシュトヴァーンとは似ても似つかぬ印象をリギアにあたえたにすぎなかった。

さいごにリギアがイシュトヴァーンを見たのは、イシュトヴァーンがまだ本当にうら若く、《紅の密使》として、沿海州の動静を知らせるモンゴールへの密書を手にして、パロ奪還の陣中にあるナリスのもとにやってきたころのことだ。あのころのイシュトヴアーンの印象はよく覚えていた。若くて、美しいというには少々痩せすぎ、するどすぎる顔をしていて、そしてひどく物騒な、飢えたようなようすをした若者――そのころナリスの周辺にいた、育ちの良い、あるいは教養のある、あるいは学問と野心のある若者たちの誰にも似ても似つかない、荒々しくて、それでいて妙に初々しい感じのする――おそろしく印象の強い若者だったことだけが、くっきりと記憶にきざみこまれていた。だが、顔そのものはほとんど忘れかけていたくらいだ。

（こんな……男だったかしら……）

さいごに見たときには、たしかまだ、二十一、二の若僧のようにリギアには見えていた――少年と若者のちょうど中間くらい、まだ一人前の男にはほど遠い小僧にしか見えなくて、ナリスが小姓として彼を可愛がろうとしたのも当然だと思えたくらいだ。

だが、いま目の前を、沈痛な、というよりもけわしい顔をして通り過ぎてゆくゴーラの僭王は――実に堂々たる、しかも実に狷介な表情をした、ひとりの、ほとんど老獪――といいたくなるような、たくましく、そして不吉な感じのする《雄》であった。

あのころのイシュトヴァーンが毛のやわらかい、目のするどい子オオカミだとするなら、いまここにいるのは、ついに育ちきって、だがたえず満たされぬ怒りと苛々のようなものをみなぎらせた物騒きわまりない悪魔的な巨大な野獣だ、とでもいうかのような

――

じっさい年齢よりも相当大人びて見える。本来、まだ三十にはなっていないはずだし、充分に世間的にはまだずいぶん若い、青年でとおる年齢のはずだろう。だが、どうかした瞬間の表情――イシュトヴァーンはまるで石像のように馬上でほとんどおもてを動かすこともしなかったが、何かのはずみにちらりとかたわらを見やったときの目の暗さは、リギアの心臓をぎゅっと冷たい手でわしづかみにするような陰鬱な力をはらんでいた。ひと目で、（これは、たいへんな相手だ……）（恐しい男……）と誰もが感じるような、むきだしのあからさまな脅威、殺気のようなものが、全身からほとばしっている。その全身も、もともと長身ではあったがだいぶんほっそりとしていたのが、いまはいかにもたくましく筋肉によろわれて戦いのために調えられた生ける凶器、といった印象を与えている。

イシュトヴァーンを包み込むようにした親衛隊の一隊が完全に通り過ぎてしまうまで、リギアはほとんど息さえもできぬ心地で、ただひたすら凍り付いて見つめていた。茂みのなかに身を隠してあちらからは見えないことをどれほどおのれに言い聞かせても、イシュトヴァーンのその射るようにすさまじい眼光が、茂みの葉をつらぬいておのれのすがたを明らかにしてしまっているような、本当は何もかも見透かされているような恐怖心がどうしても消えないのだ。

馬のいななきがひんぴんとおこり、すぐかきけされるたびに、それがマリンカのもので、そうと気づかれてしまってはせぬかと心臓がちぢみあがる。リギアには、長い、長い数分間であった。ようやくイシュトヴァーンの一隊が通り過ぎて、次の、また白くないよろいの一隊がやってきたとき、はじめてちょっとだけ息をつけるくらいに落ち着けたほどにも。

（イシュトヴァーン——ああ、イシュトヴァーン……）

リギアは、茂みのなかに、力つきた気分でうずくまったまま、茫然となっていた。

（どうして、こんなところにゴーラの僭王イシュトヴァーンが……ああ、いえ、パロ領内に入ってきているとはきいていたけれども、どうしてこんな——こんなところに——）

サラミスとマルガとのあいだの山中——完全にそこは神聖パロ王国の領土でもあるし、従って、マルガに用のあるもの、サラミスに用のあるもの以外、こんなところをうろうろしている軍勢はありえない。

（イシュトヴァーンは……ナリスさまに味方しようとして……マルガを目指しているのだろうか……だけど、もしそうだとしたら……ここはもう、神聖パロの版図……何もこんなふうにして、人目をしのぶ旧街道を夜中に進軍しなくても……堂々と表の本街道を……昼間に進軍したほうがどんなにかはかがゆくはず……だのに……）

不吉な思いが黒雲のように、リギアの胸のなかにわきあがる。

そのとき、突然。

また、リギアはこおりついた。

目の前で、「全軍停止!」と叫びながらかけぬけてゆく伝令の数騎があった。道の反対側の側をも同じくらいの数の伝令が叫びつつ駆け抜けていったようだ。

きわめてよく訓練のゆきとどいた軍勢であることだけは、疑うわけにはゆかなかった。伝令をきいた瞬間にかれらはあざやかに反応し、いっさい聞き返すことも、もたつくこともなくきわめてすみやかに停止した。リギアがそのかたわらの藪のなかにひそんでいるとも知るよしもなく、かれらは次々と停止し、だがとまったからといってたちまち私語をかわすようなことも一切なく、きっちりと黙ったまま次の命令を待っている。確かによくぞ、これだけの人数の、それに兵士たちの顔をよく見ればまだずいぶんと平均年齢の若い軍勢を、ここまで仕込んだものだ、と感じ入らないわけにはゆかなかった。

(若いから……いっそう、そうなのかもしれないけれど……すぐに命知らずに忠誠を誓ってしまえるのかもしれないけれど……)

それにしてもこの機動性はパロの軍勢には絶対ないものである。パロの軍勢は、極端に精鋭ばかりそろえた聖騎士団だけは別として、みな妙にプライドが高く、けっこう扱いにくい連中が多い。ことに、名門の子弟をそろえた国王騎士団などはなかなかに内部でもめることが多かったのをリギアはにがにがしく思い出す。だがその精鋭中の精鋭の聖騎士団でも、ひとりひとりの強さ、という点でいったらたぶんこの、目の前の兵士たちには相当劣るだろう。そもそも体格がかなり違っている感じがする。

「伝令。伝令」

二度目の伝令がまわってきた。リギアはいつのまにか、なんとなく自分もこのきっちりと鍛えぬかれた軍勢の一員ででもあるかのような錯覚さえ覚えはじめて、じっとなりゆきを見守っていた。イシュトヴァーンのすがたを目のあたりにしたときのなんだかからだが手足の先からしびれてゆくような恐怖心はうすれていた。

「伝令。——わが軍はここより二手にわかれ、ルアー騎士団第一大隊より第三大隊、イリス騎士団第二大隊より第三大隊はイシュトヴァーン陛下とともにマルガへむかう。ルアー騎士団第一大隊より第三大隊、イリス騎士団第二大隊より第三大隊は正面より、イシュトヴァーン陛下のお指揮のもとマルガを襲う。——ルアー騎士団第四大隊、第五大隊、イリス騎士団第一大隊、第四、第五大隊はヤン・イン副将指揮のもと、迂回してリリア湖南岸よりまわりこみ、マルガ離宮背後を包囲にむかう。くりかえす……」

繰り返される伝令の命令が、リギアの耳をがんがんと打った。

「イシュトヴァーン陛下じきじきのお指揮のもと、マルガを襲う。——……は、リリア湖南岸よりまわりこみ、マルガ離宮背後を包囲に——マルガ離宮よりの退路をたち、神聖パロ王室のマルガ脱出を阻止せよ。……なおイシュトヴァーン陛下よりのおことばである。決して、パロ聖王アルド・ナリスを逃がしてはならぬ。ただし、決して生命に危険が及んでもならぬ。必ず、アルド・ナリス、及び王妃リンダだけを生かしてとらえよとのイシュトヴァーン陛下の厳命である。他のものは全滅させてもかまわぬ！　両軍は夜明け前にマルガにつき、ただちに奇襲の合図により……」

（あ……）

いつしかに——

リギアのからだは、がくがくと、とどめようもなく、けいれんするようにふるえはじめていた。

（あ……あ——あ……）

恐怖とも——

戦慄ともつかぬものが、リギアのからだをおそい、おこりにかかったように激しくふるわせ——

「それではここで半ザンの小休止ののち、ただちに出発！　その間に糧食をつかうものは、火をたくことは厳禁と心得よ！　マルガは山ひとつへだてた向こうだ。マルガにけどられるな。これはゴーラ王イシュトヴァーン陛下の命令である！」

伝令がかけぬけてゆく。またそのさきでその命令が伝えられるのだろう。すでに、さきのほうの隊列では、動きがおこっている。休んで、一気呵成にさいごの奇襲に入るまえの食事をとり、隊列を組み直し、そしてこの山ひとつをかけぬけてマルガへ襲いかかるための動きだろう。

ここが、マルガからそれほど近くなっていたことにも、リギアはちょっと驚いた。じっさいには、ずいぶんマルガをはなれるように、はなれるように馬を歩かせてきたつもりだったのだが、旧道は思わぬところでまがりくねったり、側道につながったりしている。夜にはいるあたりで道標を見失い、どこかで道を誤ったのかもしれぬ――が、そのおかげでまた、この現場に居合わせることもできたのだ。

（どう――どうしたら……どう……）

リギアは激しくふるえつづけるからだのふるえをとめようと、両手でしっかりとおのれのからだを抱いた。

目のまえに、ゴーラ軍の兵士たちがすっかりくつろいで、ようやくざわざわと私語をも洩らしながら、馬からおり、マントをひろげてその上にすわったり、糧食をとりだしたり、馬をいたわったりしはじめていることにも当惑していたが、それよりも、もはやリギアの心臓はたてつづくショックに爆発してしまいそうだった。

（マルガを……マルガを包囲――そして奇襲……）

（ナリスさまを生きてとらえよと……）

（リンダ……？）

（リンダさまが、どうして……）

（リンダさまは、クリスタル・パレスにとらえられていたのじゃ……）

リギアは、リンダが、グインによって救出され、すでにマルガにひとたび入ったことはまったく知らぬ。知りようがない。

また、イシュトヴァーンが、リンダの消息を知っているらしいことをいぶかしく思うほどにも、事情はわからぬ。あるいは、イシュトヴァーンのほうが、リンダがクリスタル・パレスにとらわれているのを知らぬのかもしれない、とは漠然と思った。

（でも、ああ……そんなことはどうでもいい。ナリスさま――ナリスさまが……）

（ナリスさまが危ない）

（なんてことを……裏切り者……イシュトヴァーン！）

リギアは、とかくおのれが、かの神聖パロの宮廷で、中央部の情報から仲間はずれにされていたことは心得ている。

ヴァレリウスを中心とする神聖パロの司令部は、リギアと、そしてはっきりいってリギアの父のルナンには、本当に重要な情報や、情勢の変化についてはいちいちこまごまと教えようとせず――むろん、きけば、必要なことはなんでも答えはしたが――つまりはリギアが参謀、あるいは司令部の一員として、戦況やこれからの展開について口を出すのを阻止したがった。そのこともリギアはうすうす感じていた。自分が、邪魔者扱いされていることも――それは、女であるから、というよりも、父ルナンともども、「あまり頼りにならぬ武将」とみなされているからだ、ということも、かなりむっとする思いで感じていた。それでいて、じっさいには実戦経験をつんでいるのは自分たちのほうではないか、というのが、ルナン父子のひそかな非常な憤懣だったのだが――

だが、そのようなことをいっている場合ではない、とぐっと胸をさすって、それにどうせかれらは軍人ではないのだ――魔道師で宰相であるヴァレリウス、またもともとが象牙の塔の学者でしかないヨナ、そしてもとはやはりアムブラの研究者で、学究で、せいぜいが町の学生組織の指導者であったにすぎぬカラヴィアのラン――地方軍人のローリウス伯、そういった連中は、それぞれの、魔道や学問においてはどれだけ長じていようとも、戦うということについてはまったく専門家とはいえない。じっさいに武人であり、武将であるのは自分であり、ルナンであり、聖騎士侯ダルカンであり、ワリスであり、聖騎士伯リーズたちなのだ、といううっぷんは、実はナリスの周辺ではたえずあった。ダルカンは老齢だし、ワリスは温厚だから、あまりおもてには出さないが、一本気なルナンのほうはたえず、それについてはむっとしていたようだ。その、聖騎士侯グループと、ナリスの周辺の取り巻き連中、というひそかな対立も、はっきりとナリスのまわりにはあったのを、リギアは覚えている。それをいえばそもそもナリス自身が、もとはたしかにクリスタル公としてパロの武将のたばねをもつとめたのかもしれないが、病床にあって実戦からはなれて久しく、その意味ではとうてい、武人たちをおさめるにふさわしい状態であるとはいえたものではなかったのだ。

だが、そうして、意識的に情報から疎外されるとリギアもルナンも性格的にも意地になり、「お前たちの方針に口を出すものか」という態度になり、そして「云われたとおりにだけ戦えばいいのだな。だが武人ではないお前たちがどのようなことをあれこれ考えまわして、その結果どのような困った事態を招くにいたっても、わしらは知らんぞ」というのが、ルナンの、リギアあいてにさんざんもらしていたうっぷんだった。それはリギア自身にとってもまったく同じである。ナリスのもとを飛び出すについても、それもまた、いくつか加算されていった原因のひとつだったに違いない。

それゆえ、だが、リギアは、いま、自分がどの時点での情報をしかもっていないのか、かなり混乱していた。民間の情報というのは、また、軍事情報とちがってかなりあてにならない。

それでも、イシュトヴァーンが、一応、マルガを訪れてナリスと密約をかわしたのかもしれぬ、という程度のことは、ヴァレリウスから、くれぐれもルナン侯には内密に、というような但し書きつきできかされていた。ルナンに内緒に、というのは、武辺一徹のルナンがそれをきいたら、かつてパロを占領したモンゴールの現在の支配者であるイシュトヴァーンの力をかりる無節操をなじり、そしていまのイシュトヴァーン・ゴーラのさまざまなやりかたへの反感をも表明するに決まっている、と思われてのことだろう。それとなくリギアにもらしたのは、たぶん、ルナンをいざというときにはおさえてほしい、というヴァレリウスの根回しだったのかもしれないが、それでも、そうはっきりと云ったわけではない。いざとなればのらりくらりと言い抜けできるように、会ったような、会わないような、イシュトヴァーンが味方になると約束があるような、ないようなことを口にした程度だ。

考えれば、考えるほどに、そちらのほうも充分に業腹な話ではあったが——

しかし、それでも——

(どうしよう。……イシュトヴァーンが……ゴーラ軍がマルガに奇襲を……)

ゴーラ軍をひきいてイシュトヴァーンがイシュタールを出発したときのままの状態なら、イシュトヴァーン軍は三万はいるはずである。確かに、いま目のまえにくりひろげられている軍勢はそのくらいいても少しもおかしくないというほどの人数だ。

(三万、しかも剽悍なゴーラ軍……そして、殺人王と呼ばれ、殺人機械と呼ばれるほどに勇猛……というより残虐な、イシュトヴァーン王……それを迎えうつマルガは……)

父ルナンがまだダーナムにとどまっていることは、風のたよりにきいている。ということは、マルガを守るのは、それこそヴァレリウスやヨナ、ランといった、いくさのしろうとにすぎない連中と、そしてワリスやローリウス、リーズ、老ダルカンなどがかろうじてひきいる、連戦にかなり疲弊しているパロの弱兵たちいいところ一万くらいにすぎない。

もしもルナンがダーナムからすでに戻っているにしたところで、ルナンもまた老骨であるし、ルナンのひきいている聖騎士侯騎士団も、ゴーラの精鋭にくらべればあまりにもかよわく、リギアの目にさえも見える。

しかも、かれらは寝込みを襲われるのだ。夢にも知らずにぐっすり眠っているところを。

黒竜戦役の悪夢がよみがえる。——何ひとつ予想もせず、そなえもなくやすらかに眠っているところを襲われたクリスタル・パレスがいかにもろく、あっけなく陥落し、モンゴールの軍勢に踏みにじられたかということを。リギアはあのとき必死に戦ったけれども、多勢に無勢で、みるみる目のまえでパロ兵たちが切り伏せられてゆくさまをまざまざと見せつけられなくてはならなかった。そしてさいごには彼女は女装して——というのももともと女なのだからおかしな話だったが、軍装をといて、下働きの女に化けて逃げ出さなくてはならなくなったのだ。それほど、パロの軍勢は弱いのだ、ということを、彼女はあのとき痛感したのだった。

あの折りのモンゴールの軍勢よりも、おそらく、イシュトヴァーンのひきいるゴーラ軍のほうが数倍強力だろう、ということは、この進軍のようすをみただけでさえわかる。

（どうしよう……マルガがあぶない……）

リギアの心臓は、いまや、早鐘をうつようにとどろきわたっている。

（どうしたらいいんだろう。どうしたら……）

（とにかくここから……ここから……）

リギアは、思い切って、そろりそろりとしげみのなかをうしろにいざって、暗闇にまぎれてぬけだした。ちょっとでも不自然な動きや音が気づかれたら、さっとかんてらで照らされるだろうし、そうすれば、見つかってしまうおそれがある。しげみの枝にひっかかれても、声もたてられなかったし、枝と葉っぱをごそごそいわせすぎるのも危険であった。リギアは、這うようにして、いざってしげみを抜けだし、そして側道の奥にむかって、じりじりとさらに這うように木々の下生えのあいだをいざりつづけた。

第三話　マルガ奇襲！

1

（見つかったら……）

その恐怖が、（一刻も早く！）という戦慄と同時に、狂おしくリギアをかりたてていた。

（一刻も早く、お知らせせねば！）

その狂わんばかりの思いは、しかし、同時に、

（いまここでかれらにあたしが見つかったら、もう……）

誰ひとり、マルガに知らせにかけつけられるものはなく、そしてマルガはあっけなく陥落し、ヴァレリウスやヨナはとらえられて処刑されるかその場で惨殺され、ナリス——とリンダ——リンダがそこにいるかどうかについてはリギアはまだ半信半疑であったが——はゴーラ軍の手に落ちて、ナリスが神聖パロにかけたパロ再生へのすべての望み

は断たれることになるのだ。

（ああ……なんて……）

もっと暗ければよいのに、もっとあたりがやわらかな草で音をたてなければよいのに、と焦りながら、じりじりと、けんめいにはやる心をおさえていざり下がってゆく。長い時間をかけて、かなり街道から遠ざかったと思っても、まだ、立ち上がって走り出すだけの勇気がない。暗いとはいっても、それぞれの隊がかんてらを、それも用心のためだろうが街道の両側にむけるようにしてつけている上に、月もたまに雲間から顔を出す。そうすると、暗いながらもおぼろげに茂みの奥に動くものがある、くらいは見てとれてしまう。このあたりの山道ならずいぶん、それなりにいろいろなけものが住んでいるから、たいていはけものだと思ってもらえようが、リギアはもうひとつ自信がもてなかった。

それにマリンカのことも気にかかってならない。けっこう思ったよりも長いあいだ愛馬のマリンカを山道の奥に孤独にうっちゃってしまったことがひどく心配だ。そのあいだに万一にもオオカミにでも襲われていないか、手綱がとけてどこかへ走り去ってしまっていないか、などなど心配の種はつきない。むろん、愛馬自身の身も心配ではあるけれども、それ以上に、この暗い、勝手もわからぬ山道で、馬の足なしでただひとり置き去りにされたら、たいした糧食も持たぬ身、無事に人里にたどりつくまでにいったいどのくらいさまよわなくてはならぬものか想像もつかない。

(マリンカ……無事でいておくれ)

なんとか、いなないてゴーラ軍の注意をひきつけるということはなしですんだようだが――リギアは、もう、それこそ側道に一モータッド近くも入り込んできた、と感じるくらいに本道とはなれてから、ようやく、そろそろと身をおこした。もうさすがにいざってはいなかったが、中腰のままずっと時間をかけて道をたどってきたのだ。腰も痛くなるし、きちんと傭兵の装備をしているから手足を草ですりむいたり、ひっかかれたりということはあまりなくてすんだが、神経はへとへとに疲れていた。

(もう……大丈夫かしら……)

マリンカをつないだのは、もうちょっと先だったはずだ。うしろをそっとふりかえってすかしてみると、木々のあいだに、かんてらのあかりがちらちらして、ゴーラ軍がまだそこにいるとわかるが、もう、かすかなざわめきがときおり風にのってくるくらいで、そちらからの物音はほとんど聞こえないくらいには遠くなっている。

(もう、大丈夫)

やっと、それを確かめてほっとして腰をのばす。腰がぎしぎしいいそうなくらい疲れている。そのまま、しかし、休むいとまもなく、リギアは茂みのなかから側道に戻り、さらにうしろをふりかえって追手らしいもののすがたのないのを確かめ確かめ、側道をこんどは小走りにかけた。

ブルルル、というかすかな鼻息がきこえてきたときには、安心のあまり力がぬけてそのまま倒れてしまいそうだった。耳ざとく——それともにおいをかぎつけてか、あるじの戻りを知ったマリンカが、かすかに鼻をならして自分の所在を自分から教えてくれたのだ。リギアは飛びつくようにして、マリンカのかたわらにより、その首にしかとすがりついた。あたたかな生物のぬくもりが、リギアに、なにものにもかえがたい安堵をあたえてくれた。

「おお——マリンカ」

リギアはせきこみながらささやいた。何度も何度も、しっかりとマリンカのたくましい首を抱き寄せてなでてやる。

「大変なのよ。すまないけれど、今夜はもうひとがんばりしておくれ。なんとかして、あいつらを出し抜いてマルガにかけこみ、非常事態だとお伝えしなくてはならないの。マルガが危ないのよ」

ブルルル——いななけぬよう、はみをきつくかまされたマリンカが、まるで答えるように鼻を鳴らす。リギアはもういちどマリンカの首を撫でてやり、手綱を縛っていた枝からといて、そしてマリンカにまだまたがるのをはばかられるまま、そっと側道に戻り、しばらくマリンカの手綱をひきながら進んだ。本道に戻ればゴーラ軍とぶつかってしまう。迂回して、かれらを出し抜く方向からマルガに入るしかない。さいわい、だが、さっきの伝令の話をきいたおかげで、自分が旧道をうろうろしているあいだにどのへんに出てきていたのかはおおよその見当がついていた。あまりこっちはそんなに側道を使ったことも、旧道ばかりでいったこともないが、なんとか旧道をたどりたどりでマルガにつくことはできるだろうと思う。それに、何をいうにもあちらは三万の大軍、動きは単身のリギアよりはずっと遅いはずだ。

（とにかく警告できれば……まだ、間に合うかもしれない……寝込みをさえ、襲われなければ、いかなパロ兵といえど、ちょっとは……）

そうでなければともかくナリスだけでも、マルガから先におとしておかなくてはならない。そのほうがいいかもしれない。そしてマルガはなにごとも気づいてないというようすを装うのだ。むろん、その場合には、マルガに残った部隊はたぶん間違いなく全滅のうきめをみるだろうが、少なくともナリスは生きのびる。そうすれば、マルガに残留した部隊の死も犬死にとは云われまい。

（篭城して……三万の勇猛なイシュトヴァーンの軍あいてに戦っても……よほどの援軍がただちに、一日以内にでもこないかぎりは、勝ち目がないわ）

リギアは冷静に思った。こんどこそ、そうしたら、父ルナンも死のときを迎えることになるかもしれないし、父の仲良しで伯父のように思っていた老ダルカンも、若いランやヨナもここでいのちを落とすかも知れない。

(でもそれを考えるのはあと……というよりかれら自身の仕事だわ。とにかく私はもう、いいだろう、と見て——

マリンカによじのぼり、一気に先を急ごうとして——

ムチを入れようとしたせつな、リギアは、ふいに、その手をとめた。

青白い月光が、また雲間からさしこんできてリギアのおもてにうかぶ逡巡を照らし出した。

(私は……何を……)

(私は何をしてるの。リギア……)

(マルガに知らせにゆく……って——血相をかえて……)

(お前はもう——マルガを、ナリスさまを——パロをさえ、永久に捨てたはずではなかったの。もう、パロもマルガも、ナリスさまもヴァレリウスも……何もかも、関係はない、一生もう、私はパロとは何のかかわりも持たない、そう決めたはずではなかったの……)

(そんなに血相をかえて、大変なさわぎをして……お前はいったい、どうするつもりなの、リギア……)

(マルガに知らせて、それでどうしようと……ナリスさまのことを恨んでいるのではな

いの。それとも……あれも、まだ口先だけだったの）

（あれだけの思いをしても、スカールさまと引き離され――いえ、スカールさまに取り残されて、もう私には何もないと思って……それでもまだ、お前は……ナリスさまへの忠誠、などというものが残っているというの……これほどあわてて血相をかえてマルガに御注進にかけつけるほどに……）

（リギア――お前はどうしたいの、いったい、本当は……）

思いもかけぬ迷いがおそってきた。

リギアは、なかば茫然と、マリンカの鞍に身をあずけたまま居すくんでいた。マリンカは、あわてて飛びだそうとしたあるじが、そのまま自分をいそがせて走り出さぬことに、いささかのいぶかしさは感じているようだが、そのままおとなしく待っている。もともと、気だてのいい、頭もいい、おとなしい牝馬である。

（リギア……ねえ、リギア、お前は、どうしたいの。いえ、どうするのが正しいの……私はどうすればいいの……）

瞬間だったが、迷いは圧倒的であった。

（ナリスさまは……このまま私が何も告げにゆかなければたぶん……今度こそ逃れるすべもなく……）

（きっと、あのおからだではどうすることもできずイシュトヴァーンの手に落ちてしまわれる……）

（そしてあのかたの野望も夢ものぞみもすべて終わる……同時にヴァレリウスのそれも……）

（あの二人が見たマルガの夢が、イシュトヴァーンの手で終わることになる……）

（それとも、まさか……イシュトヴァーンは、ナリスさまを手中におさえて、それでレムス軍と戦おうというわけでもあるまい……これはもう、イシュトヴァーンがそれでどうしようというのかはいまの私などには全然わからない……）

（でも、とにかくマルガが奇襲をかけられようとしているのだけは確かだわ。……そのことだけは疑う余地もないただの事実なのだから）

（そうだ……）

スカールなら、こんなときどうするのだろう――

おのれを裏切り、おのれがすでに見捨てたものたちにどんな危機が目の前で迫っていようと、そんなものはおのれにはもう関係はない――そう冷ややかに言い捨てて、あとも見ずに立ち去り、かれらをそれぞれの運命のなかにまかせておくだろうか。

おそらくスカールならそうするだろう――彼は非情で、強い。きわめて情にもろいと同時に、きわめて非情な部分をも、また持ち合わせているスカールだ。

（ああ、でも……）

スカールは、草原の男だ。

あたしは草原の男じゃない……そう、リギアは激しく思った。それは胸が痛むほどの、慚愧とも、口惜しさともつかぬものをともなっていた。

（あたしは……パロの女、あたしは……石の都の女だわ……そしてナリスさまの乳姉弟）

（たとえ……ああ、そうだわ。たとえ、どんなことがあっても——このきずなをすべて自分の手で……本当に断ち切ることはできない——いま目のまえにナリスさまがおいでになって、毒の杯をあおろうとされていたら、私にはきっと……それを知っていてしかも見過ごすことは決してできないにちがいない。それはヴァレリウスでも同じことだわ——この手でいっときは殺してやりたいとまで思ったけれど——その恩讐がひとたび遠くなったいまは……あたしの手で、かれらを殺すことはできないように——あたしが見殺しにすることで、かれらを破滅させることもまた出来ない……）

（ああ、きっと太子さまにはうんと笑われてしまうに違いない。それとも軽蔑されてしまうかしら？　結局お前も愚かな女なのだな、リギア——そういって……結局のところお前もパロの女なのだ……だからこそ、自分はあのとき、お前を置き去りにしたのだ、といわれてしまいそうな……）

（ああ、でも、……でも、ナリスさまとヴァレリウスのためだけじゃない。何も罪もないマルガの兵士たち、マルガの町の人々……あの人たちをもまきぞえにして惨殺のうきめを見せるのを……見殺しにして、手をこまねいていることはやっぱりあたしにはできない。ランもヨナもそれなりにあたしには友達だった……たとえいま、ナリスさまのせいで変わってしまったとはいえ……父上もいつ死んでもいいと本人もいっているような状態だとはいえ……老ダルカンもリーズも……ワリス侯もローリウスも、困るのはみんないい人なんだということだわ……そう、あの人たちは、みんないい人ではあるんだわ……）

まるで、一世紀ものあいだ、そこに居すくんだまま逡巡していたような気がしていたものの——

じっさいには、リギアがそこで凍り付いていたのは、ものの十タルザンばかりでしかなかったのだ。

心がさだまると、こんどはもうゆらがなかった。リギアはあらためてマリンカの上で座り直し、かなりの速度を出せる態勢になり、そして、馬腹を蹴った。もう迷ってはいなかった。そしてもう、街道筋をふりかえってみても、まったくイシュトヴァーン軍は見えなかった。このまま、側道をぬけて、たぶんどこかで左に曲がれば旧道のもう一本の筋に出られるはずだ。そうしたら、そこをしばらく通って、途中でまた南におりてゆけば、マルガへ、たぶんイシュトヴァーン軍よりも先につけるはずだ。

心配なのは、ふたてに別れたゴーラ軍の片方とぶつからないかということだけだったが、たぶん、大まわりしてリリア湖畔からマルガの退路を断つつもりだったら、リリア湖南岸に回り込むのではないかとリギアは読んでいた。リリア湖はオロイ湖やイーラ湖と違っていたって小さな可愛らしい湖である。馬でそのまわりをぐるっとまわっても、二ザンくらいのものだ。

(もう、何も考えない)

(ナリスさまを、死なせることはできない。やっぱりあたしはパロの女でなくなることはできない。……もう、何の生きる希望もないけれども……それでもやっぱり、生きてゆかないわけにはゆかないように……どれほど希望を失っても、やっぱりパロへの忠誠、ナリスさまへのこれまでの敬愛をすべてふりすてて、それを見殺しにすることはあたしにはできない。できないわ)

(あとのことはまた考えよう。いまは……マルガへ！)

マルガへ――マルガへ。

マリンカは、あるじの思いが伝わってくるかのように、文句もいわず、勝手のわからぬ暗い夜道をひた駈けた。

月が雲に隠れた。暗い、深い闇がやってきた。それでも、リギアは馬を走らせた。孤独な夜そのものの精霊のように、リギアは闇のなかを疾駆しつづけていた。

*

やがて、ものの二ザンとはゆかぬ、一ザン半ばかり駈けたのち。

リギアは、全身汗だくになったマリンカを休ませてやるために馬をとめながら、愕然とあたりを見回していた。

最初に思っていたのと、場所が微妙に違っていたのだろうか——それとも、旧道についての知識が、ちょっと勘違いがあったのだろうか。

（違う……ここじゃない……）

道に、迷ってしまったのだ。

あたりは、また深い闇のなかだったが——

道に迷った、と知れたのは、ずいぶん走ったはずだったのに、前のほうに、ちらちらと長くひろがっているあかりが見えて、それがゴーラ軍のものであろうと察せられたからだった。知らず知らず、マルガに向かっているつもりで、もとの道のほうに戻ってきてしまったのか、それとも、ゴーラ軍の選んだ針路が偶然、途中からリギアのそれと重なっていたのか。

いずれにせよ、追い抜くつもりのゴーラ軍が前に見えたとなっては、決定的に道が間違っていたことになる。たいていあたりがつけられる、と思ってはいたが、碁盤《ボッカ》の目のようにきっちりとは整備されていない旧道の事情をあまりにも、甘く見ていたかもしれない。

(どうしよう)

ゴーラ軍に見つかってはならない——あわてて、リギアはマリンカをひきとめて、またしてもむこうみずに行き当たりばったりの側道に入って難を逃れようとしたが、そのためにいっそう、道はわからなくなった。もう、自分が北にむいているのか、南にむいているのかさえわからなくなってしまった。あいにくとまた、月が雲にかくれて、月を目印に見当をつけることさえできない。

(ああ……ヤーンよ……)

途方にくれて立ち止まり、水筒の残り少なくなってきた水をひと口のみ——やっと少し、落ち着きを取り戻してから、はじめてリギアは、自分がとんでもない窮地にたっていることに気づいた。

マルガに注進にかけつけるどころか、いまや、自分がどこにいるのかさえももう、わからなくなってしまったのだ。ゴーラ軍に見え隠れについてゆけば、マルガへはたどり着けるのかもしれないが、それでは何の意味もない。目のまえで、マルガが全滅させられるのをただ見ているか、せいぜいなかに飛び込んでいって一緒に戦い、及ばぬまでもナリスを救おうとして力つきて殺されるのが関の山だ。

(私って、なんでこんなに……考えなしに行動してしまうのだろう……)

あのときはだが、もっと簡単に抜け道がわかると信じていた。考えてみれば、旧道というのはきわめて複雑で、あいまあいまにそれぞれの村や集落からの細いけわしいけもの道同然の道があってかろうじてつながっていたりする。その後に整備された新しい赤い街道はわりあい、きっちりととのえられ、道路標識もきちんとしているから、日頃はあまり意識することもないが、このあたりの山道では、一本、曲がり口を間違えただけでもう、いつまでも深い山のなかをさまよって遭難してしまうような可能性だってないとはいえないのだ。

(なんて、ばかな……なんて……)

リギアはおのれの短慮に愛想もつきはてる思いだった。

だが、なんとかしなくてはならない。——このままでは、いまや、マルガにたどり着いて御注進をする以前の問題として、自分自身が山のなかで遭難しかねない。もっとも、朝まで待っていれば、明るくなれば多少ようすも知れるだろうし、もしかして百にひとつ、このへんの山住みの者が通りかかって道を教えてくれることもないとはいえないが——だが、それまで待っていたら、それこそマルガはもうおしまいだ。知らなかったのならばいざ知らず、知っていて、こんな、下らない、道にふみ迷ったなどということでマルガを見殺しにしてしまったら、そのあと自分の一生はどんな後悔と悲嘆と、おのれを愚かだと嘆く思いのうちにくれてゆかねばならぬのだろうと、思っただけでもげんなりした。

（ああ、もう……本当にいやになってしまう。リギア……お前ってなんて能なしなんだろう。愛想もこそもつきはてるとはこのことだわ……ああでも、それこそ……そんなことをいってる場合じゃない）

まさに、そんなことをいっている場合ではなかった。

ゴーラ軍が前を横切るようにして進んでいるということは――と、リギアは目をその、ちらちらと移動してゆく横にちらばったあかりにさらしながら考えていた。

（あの行く手のほうがマルガで……ということは私は、マルガへむかうつもりでまったくうしろむきに、逆の方向へ走ってきてしまったんだわ。……かなりの勢いで走らせていたから、ずいぶんきてしまったかもしれない。……これからまた、マルガの方向へ戻っても……こんどは、いま自分がどこにいるのかが確信をもてないから、どうまがっていいか、どう道を選んでいいのか……）

もうひとつ恐しいのは、目のまえにみえるあのあかりが、まさしくゴーラ軍のもの、しかもマルガ奇襲をめざす本隊のものである、と断言する理由はひとつもない、ということだ。

もしかしてまったく関係ない別の部隊、万一にもスカールの騎馬の民だという可能性さえ、皆無だとはいえないし、またイシュトヴァーンの軍であってもふたてにわかれた別働隊かもしれないのだ。だが、それを確認するほど、そばに近づくためには、またマリンカをかってだいぶん山道をかれらに近づき、そしてまたマリンカをどこかに隠してそっと這いよって様子を見なくてはならない。そう思うと、あまりにもそこでまた時間が無駄になってしまう。

(私は……いったい、どうしたら……)

(ああ、太子さま……リギアはあなたの愛に値しないほどのばかものです。——こんな山のなかの闇のなかで行き迷って、私はどうすればいいのか……誰か、教えてくれることはできないのでしょうか……)

(なんて女々しいことを……いざとなれば、しょせんそれがお前の本音だったというの。なんてなさけない——リギア、お前はそんなにもなさけない奴だったのね……)

(でも……もう、この上どうしていいのか……ああ、私は……)

リギアは、力つきて、マリンカの鞍の上に顔をふせた。

からだじゅうからすべての力が流れ出して地面に流れ出ていってしまうようだった。このままもう、ここで大地にくずおれて、失神するように眠りにつきたい。マリンカもへとへとになるまで走らされて、すっかり疲労困憊しているのもわかっている。自分自身も、もうまっすぐに鞍の上に座っていられないくらい、疲れはてて、いまにも気を失ってしまいそうだった。リギアの場合には、からだの疲労の上に、心労が輪をかけてのしかかっている。

(ああ……もしもマルガが全滅し、ナリスさまがとらわれ、ヴァレリウスが惨殺されることになったら……すべては私のせいだ、私の愚かさと不手際の……それなのにあんなに思い上がって……かれらがあたしに何ひとつ教えてくれようとせず、とかくないがしろにしていたのも当然だわ……だって私はこんなに役にたたなくて、こんなに……ああ、でもこんどは自己憐憫? せめてそれだけはしたくないわ……そんなことをしても何の役にもたたない上に、そんなにもばかな女にだけはなりたくないとずっと思って生きていたはずだったのに……)

(私は、でも、どうしたら……)

もう、疲労がまわってきて、目もくらみそうだった。もう、鞍に座っていることもつらくてたまらなかった。リギアは、力なく、馬からすべりおりた——すべり落ちた、というほうが正しかったかもしれない。

マリンカは、リギアが手綱を手からはなしても、心配そうにかたわらにたって、息をはずませながら、リギアのほうに長い首をさしのべている。それがいっそう、リギアの絶望感をそそった。

「私、もう駄目……駄目だわ、マリンカ」

力なく、リギアはすすり泣き始めた。

「もう、何も……どうしたらいいかわからない。もう、間に合わない……いまからではどうすることもできない。もうあと二ザンもすれば夜があけてしまう……こうしている間にも着々とゴーラ軍はマルガを目指している……あたしにできるのは、せめてここで……ここでナリスさまのあとを追うことくらい……ああでも、そんなことをしてさえ――あたしが山中に誰にも知られずに果ててさえ……それさえも何の役にもたたない。あたしはどうすれば……」

その、ときであった。

2

「リギア！」

はっきりと、明瞭に——

だが、聞き慣れぬ声で呼ばれて、リギアは力なく顔をあげた。驚きも、疲労のきわみでは麻痺してしまうのか、誰も人っ子ひとりいないはずの夜の山中で、自分の名を呼ばれても、あまりたいした驚愕ももう感じなかった。どんな恐しいことでも、大変なことでも、いまの自分の状態よりはまだましのような気がしていたのだ。

「リギア。リギア。リギアでしょう？」

その声はもどかしそうにまたくりかえして呼んだ。リギアはようやくのろのろと首をあげた。

しげみのあいだから、誰かが、街道の上にあがってくるのが見えた。それもしかしリギアの注意をたいしてひかなかった。それほど興味のある人相風体のものには見えなかった。

「あなたが、あたしをお迎えにきた魔物というわけなの」

リギアは力なくつぶやいた。

「だったらもう、何でもいいからとっとと連れていって頂戴。あたしはもう、生きてるのに疲れたわ。この世界は、このあたしにはあまりに複雑すぎるわ……あたしの知能では、この世を生きてゆくのはあまりにも大変すぎて……どうにもならないの。もう、どうしてくれてもいいわ……あたしなどのからだでもいのちでも、欲しいものがいればくれてやるわ。……もっていって、どうにでもするがいい。こんなもの、一文の値打ちもありはしないわ」

「リギア！」

なおも執拗に、明るい、いくぶん高めのきれいな声が呼び、そして、リギアの前にひざまづいたすがたを見たとき、リギアはやっと少しはっとして、目をかすかにしばだたいた。

「まあ」

彼女はつぶやいた。

「こんな山中に、深い山中、ひとけもない山中に吟遊詩人！　ずいぶんとまた、変なところをさすらっているものね。それとも、このあたりの魔物が三角の帽子をかむって、吟遊詩人に化けているだけなの？　だったら何でもいいから私を食い殺しでも、なんでもしてちょうだい。……もう、私は生きているのに疲れてしまったのよ。でもあなたは……なんだか、とてもきれいな顔をしている。なんだか、あなたは誰かを思い出させるわ……なんだか、どこかで……見たことのあるような——あたし、どこかで、あなたと会ったことがあって？」

「リギア——ぼくだよ」

しかたなさそうな声であった。同時に、両腕に手をかけられて、リギアはがくがくと無抵抗にゆさぶられた。

「何をするの」

いくぶん、これは夢のなかなのか、それともうつつなのかとあやぶみながら、リギアはぼんやりといった。

「まあ、あなたの髪の毛ってばとてもきれいな巻毛なのね！……そんな巻毛の坊やを昔、知っていたわ。……でもとても遠い昔のことだけれど。もう、その子が出ていってしまってから何年にもなる。……ナリスさまはそのいたでからついに本当には回復なさることがなかったわ。……ディーンさまも、罪なことをしたものね。御自分がナリスさまにとってどんな意味をもった存在であるか、ついにあのかたは、まったく理解なさることもなかったし、理解なさろうともしなかったんだわ。だけどそのおかげでナリスさまはずいぶんと傷つかれた。……いまの私には、なんだかそれがいろいろなできごとのそもそものはじまりではなかったのか、というような気さえするのよ。……ディーンさまがナリスさまをおいて出ていったことがね。……あれさえなければずいぶんものごとは違っていたでしょうし——いまとなっては、ディーンさまのお気持ちはよくわかるけれど、でも……」

「ぼくだよ。リギア。アル・ディーン」

「何をいってることやら」

まだ夢からまったくはさめやらぬような心地のまま、リギアは云った。

「確かにディーンさまはなかなか可愛い坊やではあったわ。普通だったら、とてもきれいで、気だてもよくて、しかもキタラも歌もうまい、いい子としてさぞかし可愛がられたでしょうにね。いや、可愛がられてなかったとはいわない。ナリスさまはほんとに弟御のことを——お母様のうらみのことを考えたら信じがたいくらいに気高く思いやっておやりだったわ。だけど、あのかたは出ていってしまった。いまどこでどうしているか——しばらくはナリスさまがロルカたちをつけてようすを見させていたけれども、それもあのミアイル公子暗殺の事件があってからとだえたきり。——もっともあのミアイル公子暗殺をディーンさまにやらせようということは、私がはじめからきいていたらきっとうんと反対してやめさせたと思うけれども。ナリスさまはそういうときにはほんとに意地におなりになる。あのかたも、いろいろな病気を持っておいでだから……」

「お願い、リギア、夢からさめて。目をさまして、正気に戻って。時間がないんだ。時間が」

「何……」

リギアはふいに、愕然として目を見開いた。これは夢ではない、すべてうつつのことなのだ、という意識が、いきなり脳のなかにさしそめたのだ。

目のまえに、必死の形相でリギアをのぞきこんでいるのは、茶色のきれいな巻毛が首のうしろにも、額の上にもはみだしている、吟遊詩人の象徴の三角形の帽子をかぶって吟遊詩人の旅の服装を身につけた、明るい整った繊細な顔立ちの青年で、その茶色の目が必死の色をうかべて、リギアを見つめていた。その顔立ちはなかなか気品もあれば親しみ深く、いかにも好青年、といいたくなるような感じだった――リギアからみれば、男など、美しくなどないほうがどれだけ幸せか知れない、といいたいところだったが。

「あなたは……」

「もう、忘れているかもしれないけど」

吟遊詩人はやっとリギアの反応を呼び覚ませたので、いっそう必死に目を輝かせた。

「ぼくはアル・ディーンと名乗っていたものです。あなたとはずっと昔、マルガやカリナエできょうだいのように育った……あのころはぼくはあまりに幼かったので、何をするにもお豆扱いだったけれども。長じていまは吟遊詩人のマリウスと名乗っていますけれども……もう、アル・ディーンの名は捨てましたけれども……でもいまは……ぼくはアル・ディーンに戻ろうとしている、このいっときだけ。あなたの力が必要なんです、リギア」

「な……ん……」

リギアはようやく、はっきりと意識を取り戻し、これがすべて幻想でも夢でもなく、ただのうつつなのだ、ということに気づきはじめて、愕然と目を見張った。が、夢やまぼろしではないとは思い始めていたけれども、もうひとつの——これが魔道の何かのからくりか罠ではない、というほうにはどうしても確信が持てなかったが。

「あなたは……ディーンさま……本当に？　ディーンさまがどうして……あの、ずっと昔にモンゴールを出てゆかれたディーンさまが、どうしてこんな山中に……吟遊詩人として、まさかずっとあれからさすらっておられたわけでは……」

「とても、とても、ことばではいいつくせないほどいろいろなことがあって」

マリウスはせきこみながら云った。

「それについてはまた、いずれ時間のあるときにゆっくりとお話しましょう。でも、ほんとにいろんなことがあって……それからまたさらに、いろんな、いろんなことがあって……そして、いまぼくはここにいる。このパロの深い山のなかに……どうしてここにあらわれたのか、突然なんでここにあらわれたのかについても、そのうちゆっくりと説

明しますよ、あまりにふしぎなことだから、いま短時間で話して納得してもらうことなんかできないと思う。……だけど、リギア、ぼくが何をしにここにあらわれたのかは、すぐに話してあげることができる。——リギア、時間がないんだ。マルガを救わなくては」

「何ですって」

リギアはこんどこそはっとなって、身をおこした。

「マルガを！」

「そうです。あなたは何をしに、どこにゆくつもりだったんですか？　ぼくは……ぼくは、そのう、いまぼくをかくまってくれているある偉い魔道師の洞窟から、その導師の驚くべき魔道によって、この山中のようすを全部見ていたんですよ。……そして、あなたが突然あらわれるのを見た。どうしてあなたがここにいきなりあらわれたのか、そこまでは——導師がずっと注目していたのはゴーラ軍の動静だったので、そこに突然あなたがあらわれたのには導師もぼくもとてもびっくりしたけれども、でも、あなたは……ねえ、リギア、あなたはマルガからの密使なのですか？　それとも、マルガへ向かうところ？　どうしてこんな山中をたった一人、傭兵の格好に身をやつして走っていたの？　おかしいと思って、近くへ送り込んでもらってようすを見ようとしたのだけれど、最初はあなただと気づかないところだった——男だとばかり思っていたので。それがかぶとをとったのを見たらリギア、あなただったのをみてぼくは本当に……」

「何がなんだかさっぱりわからないわ」

リギアは悲鳴のような声をあげた。

「いったい、何がどうなったというの。いったい、どうして……私を、どこから見ていたですって？　私は……ああ、ディーンさま、本当にあなたが、あの、十六歳でパロを出ていった巻毛の少年のなれのはてなの？　それとも、これもなにか黒魔道の手のこんだ罠なの？」

「困ったな……リギア」

マリウスはいくぶん途方にくれていった。

「ぼくは本当にディーンなんですよ。もうディーンとは名乗っていないけれども。そして、ここに突然あらわれるについては、とてもこみいったいろいろな長い、それこそ吟遊詩人のサーガになってしまうような物語とか、いろんないきさつがからみあっているので……でもとにかくいまは、ぼくがアル・ディーンで、そしてここにあらわれた理由は、兄を助けるためなのだ、ということを信じてもらうほかはない。うん、いまのぼくは、神聖パロ王国のことも、おおむねの世界の流れのこともみんな導師にきかされて承知しているつもりです。……そして、そのこれからの中原の展開のカギを握るということで、導師もろともイシュトヴァーンの動静、イシュトヴァーンというよりもゴーラ軍の動きに注目していた。そしたら、ゴーラ軍がスカール軍と激突して……」

「ゴーラ軍がスカールさまの軍と激突！」

リギアは動転して叫び声をあげた。その声におどろいてマリンカが身をおこそうとするのを、あわてて首をたたいてなだめる。

「悪かったわ。突然大声を出したりして。なんでもない、なんでもないのよ、マリンカ……ディーンさま、あなたはどうしてしまったというの。どうしてあなたがそんなことを知っているの。ゴーラ軍とスカールさまが戦ったですって。それはいつなの、どこで、どうして、どのように……」

「それは、また、それ以前のいきさつがいろいろとあるのだけれど……」

マリウスは困惑して云った。

「でもとにかく、それを全部話すためには、ぼくがなぜ導師と出会うにいたったかから話さなくてはならないだろうし……とにかく、いまは時間がない。ぼくが現実で、そしてずいぶんといろいろなことが変わってしまったけれども、それでもなかみは同じ……以前とまったく同じわけではないけれども、兄をこの上なく愛し、パロのゆくすえを心にかけている聖王家の王子アル・ディーンではあるのだ、ということを、いまだけでも、何も云わずに受け入れて、信じていただくわけにはゆきませんか、リギア。もう——もう、時間がないんだ！」

リギアは激しく云った。ようやく、止まっていた時が動き出し、現実が頭のなかに流れこんでくるようだった。

「おお、そうよ！　私だって時間がないのだわ。私は……私はマルガに、イシュトヴァーン軍の奇襲をつげて警戒させに、馬を走らせようとしていたところだったの。でも道がわからなくなって、またしてもイシュトヴァーン軍の近くに飛び出してしまった。それで……どうやって、かれらに見つからぬようマルガへ間に合うように急ぐかわからなくて……私もう……疲れて……動けなくて……でもマルガが……」

「だから、ぼくもこうして、あえて導師に頼み込んで、しばらくかくまってもらっていたイェライシャの洞窟を出てきたんですよ！」

興奮してマリウスはいった。

「いますぐマルガへゆかなくちゃいけない。だけど、いきなり——ずっと、もうマルガはおろかパロからも何もかも離れたところにいたぼくがあらわれて、これこれこうといったって、なかなか信じてもらえやしないだろう。現にあなただって、ぼくのことを、黒魔道のしかけた罠じゃないかと疑ぐっている。ましてあのうたぐり深い兄やヴァレリウスが、そんなに簡単に突然あらわれたぼくを信じたりするものか。そうしているあいだにまたどんどん、事態は切迫してゆくに決まっているんだ。それでは本当にもう、何もかも間に合わなくなってしまう。だから、リギア、あなただったら——あなたがぼくに口添えをしてくれるか、あるいは最初はぼくはすがたをあらわしませんから、ちょっと落ち着いてみんながそれを信じてくれてからこれこれこうと話してくれれば……」

「わからないわ」

リギアはうめいた。

「いったい何を本当だと信じたらいいの。何もわからないわ、私はどうしたらいいの。わからない、何もわからない。何を信じたらいいのか、何をあてにし、何を頼ったらいいのか……」

「もうひとつは」

激しくマリウスはいった。

「いま、たとえぼくたちがマルガにかけつけたところで……マルガからなんとかナリスを急いで逃がすくらいのことしかできないでしょう。そのときにはマルガに詰めている神聖パロに味方した兵士たち、マルガの住人たち、あの地方のものたち全部が全滅させられることにもなりかねない。ナリスだけはなんとか逃げおおせたとしても、いまのマルガの兵力では。導師は、イシュトヴァーンにはわずか一日もかからずにマルガを完全に蹂躙するだけの力があるといっています。イシュトヴァーン軍とマルガ軍では比較にもなんにもしようがないと。……それはそうかもしれない、あそこを守っているのはカラヴィアのランの軍とカレニア騎士団、それにルナンとダルカンの聖騎士団が主体だ。だけど、そのなかでなんとか使えるのはカレニア騎士団くらいでしょう。……だから、ここでなんとかマルガを守るためには……」

「……」

「なんとかして、スカールの騎馬の民を……」

「駄目よ、そんなこと」

即座にリギアは云った。

「あのかたはもう二度と、ナリスさまのお味方はなさいますまい。どのように口説いても、どのように説得しても。もう、あのアレスの丘の佯死事件で、スカールさまのお心は完全にナリスさまからはなれてしまわれた。もう二度とくつがえらないわ」

「それはそうかもしれないけれど」

マリウスは激しく云って、どうやら彼がそのへんの——ナリスの佯死と、それにまつわるスカールの怒りの事情についてもあるていどは知っているらしいことをほのめかした。

「でももう、いまはそんなことをいっている場合ではないでしょう。とにかく、あなたならスカールの心を動かすことができるでしょう？　だから、ぼくとともにこれからすぐマルガにいって、ナリスに警告し、なんとか守りをかためさせ、そのあとただちに、スカールを捜し、スカールの助けを借りるんです。ぼくは……そのあいだにぼくはグインをただちにサラミスからマルガへむけて進発してもらうよう説きつけますから。いまやもう、このまる一日が正念場なんだ。そのあいだにマルガがなんとか持ちこたえてくれれば……」

「なんで、そんなに急に、マルガを――ナリスさまの窮地を救うことに熱心におなりになったんですの」

うたぐり深くリギアはじろじろとマリウスを見つめながらいった。

「それに、グインを説きつけ……って、ディーンさまが説きつければグイン王は必ずいうことをきくであろう、といったようなおことばなんですのね。あなたはいったい何をしていらしたの、いままで？　そして、あなたは、あれほどナリスさまに対していろいろ含むところがあって……複雑な気持ちでパロを出奔し、もう二度ともどらないと誓われたのではありませんでしたの？」

「ああ、リギア。いまはそんなことを云ったり、それについて論議している場合じゃないんだ」

マリウスはもどかしさのあまり両手をもみしぼった。

「こうしているあいだにもイシュトヴァーン軍は着々とマルガに向かってる！　イェライシャ導師はこの急な進撃についてとても大きな懸念をもっておいでになる。それは…

…これまで、イシュトヴァーンは、明らかにナリスを助けるために動いていたはずだった。だが、このたびのマルガ奇襲では、イシュトヴァーンはすでに完全にナリスの敵として、ナリスをとらえるために動いている。たぶん……たぶん、そのあいだに何かあったんだ。それについては導師もわからないとおっしゃるんだけど……何かイシュトヴァーンに働きかけたものがいるんだ。それが最悪の場合……」

「おっしゃることがわからないわ」

リギアはけわしく云った。

「そもそもその導師というのは誰で、そしていったい何をそんなに焦って熱心になっているんですか？　その導師こそあやしいじゃありませんか。なんだって、そんなにいろいろな事情をくわしく知っているの？　なんだかあやしいわ、私はもう二度とそんなに簡単にひとを信用したりしないのだわ」

「それは、だって、導師は偉い大魔道師だからなんだよ！」

マリウスは焦りながら叫んだ。

「イェライシャ導師の名前くらい、きいたことあるでしょう、《ドールに追われる男》の！——ないの？」

リギアが首を横にふるのをみて、マリウスはますます焦慮しながら、

「でも、それはいきなり、この魔道師はいい魔道師で、なんていったところで信用して

もらえるものではないだろうから……だから、導師が、ぼくにとりあえずあなたと話をするようにいったんだよ。魔道師たちだってやみくもに力をふるえるわけじゃない。《閉じた空間》を使うにも何するにも、いかな大魔道師だって、相手の同意なしでは何もできないんだから……だから、とにかくぼくを信用してくれるほかはないんだ、リギア。でなければマルガが危ない。危ないんだ。こうしている間にもイシュトヴァーン軍がふたてにわかれてマルガに迫っているというのに！」

「ですから、いつからそんなにナリスさまのお味方になりになったの？」

なおも執念深くリギアは迫った。

「これが、だまされて、逆にマルガに敵をひきこむためのたくみな計略じゃないとどうして云えますの？　マルガに入って、ナリスさまのもとにご案内したとたんに、あなたがその本心か本性か正体か……何かわからないけれど、それをあらわして、いきなりナリスさまに襲いかかるようなことはないと、どうやったら保証できるのです？　あなたがもしかして、本当にアル・ディーン殿下そのひとだとしたところで、アル・ディーンさまはナリスさまにそむいてパロをはるか昔に、十年以上もむかしに出奔したおかた、それがそのあとどうしていて、何を考えて、どういう人たちと何をしていたなんて、私にどうして確信が持てましょう？　ましてそんな、きいたこともない導師だの、魔道師だの、大魔道師だのって、いったいいつ、ディーンさまがそんなに魔道に詳しくおなりになったの。確か、魔道学をおさめることさえあんなにいやがって、それも出奔のひとつの原因だったはずだわ。それを思ったら……」

「魔道にくわしくなったりしたわけじゃないんだ！」

もどかしさのあまり半狂乱になりながら、マリウスは叫んだ。

「ただ、たまたま……ある黒魔道師のすごく悪いやつとそのとんでもない部下にさらわれて……それをグインが助けてくれて……そのあとまあ、いろいろあったんだけれど……それで、またしてもその黒魔道師の手下にさらわれかけていたところを、導師が助けてくれて、中原が平和になったらしかるべきところに送ってやるから、それまでは自分の洞窟にいるようにと、ルードの森のかくれがに隠してくださっただけなんだ。だけど、そこでいろいろ、導師のお手伝いのようなことをして、水鏡の術でいろいろ見せてもらったりしていて……いろいろとこれまで、ぼくの全然知らなかったような事情についてもいろいろ教えてもらって……いまのぼくは、もう前のぼくじゃない。まして、あの、パロを出奔した当時のアル・ディーンなんかもうどこにもいやしないんだ」

「あの当時のアル・ディーンさまがどこにもいないんだったら、ますます、私は何を信用すべきなのかわからないわ」

リギアは強情に言い張った。

「うかつにそのことばに乗ったりしたら、それがナリスさまのいのちとりにでもなろうものなら……私はどうやって自分のうかつをわびたらいいのかわかりませんもの。いいえ、駄目よ、ディーンさま、それともそれを名乗る魔道師かもしれないけれど、私はそう簡単にはひっかからないわ。こんな山中で、突然あらわれて、そのこと自体があやしすぎるわ。そして十年以上も会っていなかった人の名前を名乗って……それにもしも、あなたが本当にアル・ディーンさまなら、ナリスさまはたとえ二十年もたっていたって素直に受け入れてお会いになるでしょうし、その警告もきかれるはず。それをそうでなくて、私に警告してほしいというのがなんだか……なんだか何もかもおかしいわ。きっとなにかのたくらみなんだわ、これは……私はそんなに簡単にだまされたりしたら……」

「そうじゃなくて！」

マリウスはもどかしさのあまり泣かんばかりであった。

「ねえ、どうしたら信じてもらえるの？　ぼくは、本当は、ナリスのもとに戻りたくなかったんだよ！　ぼくがふたたびパロに戻ろうと決意したのは……ただ、ナリスが死んだ、という知らせをうけて、それを信じたくなかったことと……だったら、なんとかして、ひと目でもいいからこの目で本当にナリスが死んだのかどうか確かめたかった、それだけのことだったんだよ。それでぼくは何もかも捨てて黒……いや、その、いたところを出てきたんだ。そして、夢中でナリスに会おうとパロを目指している最中に、ユリ……いや、その黒魔道師の手下にまた襲われて……」

「なんだかわからないけれど」

リギアは言い張った。

「私は信じないわ。私のこの手でナリスさまにとどめをさす策略の手伝いをさせられると思ったら大間違いよ。たとえどのような複雑な気持ちであろうと、私は、自分の手であのかたを滅ぼすことだけは出来ないわ」

「おお、リギア、お願いだから……」

マリウスはほとんど涙ぐんでいた。そのとき、突然、空中に黒いものがあらわれた。

3

「きゃあ！」

リギアはするどい悲鳴をあげた。そして飛びのいて、腰の剣に手をかけたが、目のまえに、もやもやと黒いかたまりがあらわれ、そしてそれがひとのかたちをとったので、なんとか息をととのえて態勢をたてなおした。さすがに、魔道の国パロの騎士だけあって、そうした魔道師の出現にはほかの国のものよりは馴れているといってもよかったのだ。

それは、背の高い、黒い魔道師のフードつきマントの下に白い長い道服を身につけて、まじない紐をベルトがわりにまき、いろいろなものをその紐からも、首からもさげている老人で、髪の毛は白く長く、うしろでたばね、そしてまがりくねった杖を持っていて、ひとつ目でこそなかったものの、運命をつかさどる老人の神ヤーンのようにさえ見えた。神々しいまでに力を感じさせる、思慮深げな老人だった。

「あ……」

「イェライシャ！」

マリウスはせきこんで叫んだ。

「よかった、きてくれたんだね！　このひとがいっこうに信じてくれようとしないので、ぼくはどうしたらいいのか、途方にくれていたところだったんだ！」

「やれやれ」

《ドールに追われる男》イェライシャは、肩をすくめてこのあまり実際的とはいえない二人を見比べた。

「どうせ、このようなことにはなるのだろうと思うて、ついてきてそれとなくようすを見ていてよかったというものじゃろうな。そのおなごもあまりにうたぐり深いさがを持ってはおるが、また、おぬしのほうも、あまりにも、説得のしかたひとつ知らぬ。……口から先に生まれた吟遊詩人だというにな。まあ、それほどに、ぬしのことばには実がない、虚ばかりなのだということかもしれぬが」

「あ。ひどいことをいう」

明らかに、しばらく、イェライシャにかくまわれているあいだに、マリウスのほうはイェライシャに対して、いたって親しげな態度をとるくらいに馴れて、なついてしまったようであった。もともとが、すぐにくだけて人になついてしまうたちであったのはいなめない。

「だってこの人はどういっても信じてくれないんだもの。それは確かに長いあいだ行方不明だと思われていたものが、突然あらわれて、さあ、いますぐにマルガに行きましょうなんていったところで、なかなか信用はできないかもしれないけれど。でも、本当に、もう時間がないというのに。ほら、もう、あちらの東の空のほうがしらみはじめている。……あれが明け切るまでになんとかマルガに応戦の準備だけでもととのえさせなければいけないんだもの」

「そんなこと、できるわけないわ」

リギアはまだ驚きあやしみながら叫んだ。

「どちらにしたって、いまからではもう遅いわ。いまからマルガへなんて、間に合うわけなんかないじゃないの。もう、マルガは駄目なんだわ……それもみんな私のせいで……」

「ああ、もう、そんなことをいってる場合じゃないってさっきからいってるのに」

マリウスは叫んだ。

「それにここに、こうやって老師があらわれてくれたということは、ぼくたちを間に合うようにマルガに送り込んでくださるつもりなんですよ、リギア。そうして下されば、ぼくたちはもうあと、半ザンもかかることなくマルガにつけるんだ。充分、間に合いますよ。いまからでもあなたがぼくを信じてくれさえすれば」

「……」

リギアは今度こそ、どうしていいかわからなくなって黙り込んでしまった。それを、マリウスは苛々したようすで見つめた。

「本当は老師が自分で出現してヴァレリウスに忠告してくれるのが一番いいのだけれど。何も本当はわざわざ、ぼくだのリギアだのが大騒ぎすることなんかないんだ」

「だから、それは何回もいうたであろうが。物わかりのわるいやつじゃ、というよりも、あきらめの悪いやつじゃな」

苦笑しながら、イェライシャがいった。

「わしは、魔道師なのだよ。——一応かりそめにも、魔道十二条のおきてを奉じる白魔道に、くらがえをした魔道師なのだよ。いや、黒魔道師だって、正面きってすべての魔道のおきてを無視すれば、そのむくいがおのれにかえってくることになるのはわきまえている。……十二条に限らず、魔道のおきてというものは、魔道を野放図に悪用すればそれが魔道師自身をほろぼすことになろう、という警告であるのだからな。……わしには出来ることと出来んこととある。おぬしを《閉じた空間》でおぬしの希望するところに送り込んでやることはわしの出来ることで、ヴァレリウスに対してイシュトヴァーン軍の奇襲を告げて、応戦させることはわしの出来ぬことなのだよ。それは、『ひとの運命にみだりに干渉、介入すべからず』という魔道の禁忌にふれるのだ」

「ちぇ……」

マリウスは肩をすくめた。

「わかりましたよ。でもそれじゃとにかく、この強情なお姉さんを説得するのだけは手伝ってよ。ぼくのいうことじゃあ、なかなかきいてくれそうもない。……そもそもどうやったら、ぼくが本当に十年前にカリナエを出ていったアル・ディーンで、そしていまは吟遊詩人のマリウスと名乗っているけれど、ナリスの危機にさいして、ちょっとでも力になろうと戻ってきたのだ、ということを彼女は信じてくれるのかしら？」

「それは、信じようと信じまいとそのとおりなのだから仕方あるまいさ」

ややそっけなくイェライシャはいった。

「むしろ問題は、彼女が黒太子スカールを説得することが出来るかどうかだろう。……わしは、とにかく豹頭王グインのためにだけ行動するとおぬしに何回もいうた。グインがもしも、いまはまだイシュトヴァーンとぶつかることは——特にこのような出先では避けたいと思うようだったら、スカール軍よりほかに、マルガを守ってくれるものはおらぬことになるよ。グインがいったんサラミスに足をとどめたのは、おそらくそういう、イシュトヴァーン軍といまはぶつからぬための用心がかなりをしめているだろうとわしは思うでな」

「だけど、そんなことといったって……マルガの危機なんだから」

マリウスは必死の形相でいった。

「スカールもグインも戦ってくれるでしょう。……でなければ、ナリスが危ないんだから」

「まあ、スカール太子はさておき、豹頭王がそれほどに神聖パロの聖王をかっているかどうか、というのについては、当人に確かめるしかなかろうな」

いくぶんひややかにイェライシャはいった。

「ともあれ、もしもその女騎士に異存がなければ、マルガ近くまでおぬしらを送り込んでやることが、わしにできる唯一最大の助力だよ。だがそれも必要ないと女騎士が言い張るのであればやむを得ぬ。わしにはだから、介入できることと、できぬことがそれなりにさだまっているのだよ。……もしどうあれ女騎士がわしのできる助力を必要ないというのなら、あきらめて、おのれらの力でなんとかするなり、あるいはヤーンのみ手にすべてをゆだねるなりするのだな。……もう、おぬしも、ルードの森のわしのかくれがに戻る気にもなれぬだろうしな」

「それは……」

マリウスは唾をのみこんだ。

「ねえ、リギア。お願いだから……ほら、見て、もう朝があけてしまう。あと一ザンとかからず朝になってしまう……そうしたらたぶん朝日がさしそめるのと同時にイシュトヴァーン軍がマルガに襲いかかろうとしているんだ！　頼むから、いますぐ、ぼくと一緒に、イェライシャの《閉じた空間》でマルガにいって、ナリスとヴァレリウスに忠告する手伝いをして！　もういまからだって間に合わないくらいなんだよ！」

「…………」

リギアは、まだ、この場面そのものがすべて、実に入念にたくらまれた、マルガの最奥に入り込もうとする敵のおそろしく悪賢い陰謀ではないのか、という疑惑を捨てかねて、目を宙にさまよわせていたが、しかし、一方では、ようやく、このままここでこうして押し問答をくりかえしていたところでどう埒があくものでもないし、また、もしかれらを信用せずにここでかれらをはねつけてしまったところで、もうリギアひとりの力ではマルガに間に合うようにかけつけることもできないし、どうすることもできないのだ、ということに、気づきはじめていた。否応なしに、かれらを——というか、マリウスを信頼してみるほか、自分にはもう道は残されていない、ということに——自分がそこまで追いつめられているのだ、という事実にようやく心づいたのだ。

「——まだ、あなたがたを信用したわけではありませんけれど」

口ごもりながらリギアは云った。

「でもここでこうしていてもしかたはないというのは本当だわ。……もしも、どういう魔道かわからないけれど、とにかく私をマルガに間に合うように、朝がくるまえに連れていってくれるというのなら、それは……やってみるだけの価値はあるかもしれない。いいわ……連れていって。もしもあなたたちが敵で、あたしを徹底的にあざむき、たばかっていたのだとしたって、もう、いまより悪くなりはしないわ……もしもそれで、ナリスさまが私のために、私があなたを信じたがために何かとりかえしのつかないことにおなりになったとしても……どちらにしても、このままでは、朝までには……」

「朝がくるまでにはイシュトヴァーン軍がマルガを包囲し、奇襲をかけることになるんだ！」

マリウスは必死に叫んだ。

「そう、だから、とにかくやれるだけのことをやってみなくては。さあ、お願いだよ、イェライイシャ、ぼくたちをマルガに連れていって！　イェライイシャの《閉じた空間》ならば、ほかの魔道師の倍は強力だもの、絶対に間に合うようにぼくたちをマルガに送り込んでくれることができるよね！」

「マルガではヴァレリウスも、また魔道師ギルドの面々もバリヤーを何重にも張ってキタイ王の魔道からマルガを守ろうと心を砕いておる」

イェライイシャはぶつぶついった。

「それゆえ、わしじゃとわかればといてくれるのはむろんだが、それまでに時間もかかるし、また、わしはもう、本当のところ、この上マルガに介入はしたくないのだよ。あまりこれでわしがこういう現世の国際情勢に介入しすぎたら、それこそ、わしもあのグラチウスめと同じ轍を踏むことになってしまう。……魔道のおきてを無視し、現世に影響力を及ぼしてさいごには魔道師すべてから敵視されるおきて破りの魔道師に定められてしまう。……そうでなくともわしゃドール教団に追われ、ドール教団に追われておるのじゃからな。もうこの上、魔道師ギルドと白魔道師連盟にまで追われるのはたくさんだよ」

「いいから！」

マリウスはイェライシャの袖をつかまんばかりにして食い下がった。

「そこまではやってくれる、といっていたじゃないの！　そしてぼくをここに、ぼくの願いをきいて連れてきてくれたんだから。もうこうなったら、ヴァシャの実をくらわば種まで飲み込め、だよ！　さあ、お願いだよ、イェライシャ老師！　ぼくたちをマルガへ！」

「わかった、わかったよ」

しかたなさそうに、イェライシャはつぶやいた。そして、ぬっといきなり背が倍も高くなったようにみえた。

「さあ、では、二人ともなるべくわしに近くよりそって立つがいい」

「待って」

　ふいに青ざめてリギアは叫んだ。

「マリンカはどうするの。私の大事な妹」

「マリンカって、あの馬か」

　いささかあきれてイェライシャが云った。

「それはすまぬが、諦めてもらうしかないな。いかなわしでも、大のおとな二人と馬一頭は、いちどきに運ぶのはしんどいよ。というよりも、馬などを運ぶためにわしの魔道を使いたくはないよ」

「だ、だって！　そしたらマリンカをどうしたらいいの。この山中に放り出してゆけというの。私にとっては妹同然の可愛い子なのよ！」

「おお、リギア！」

　マリウスは憤慨して叫んだ。

「このさい、馬一頭とマルガの運命とを考えたら……いかに愛馬といえど……」

「馬一頭なんて云わないで」

　リギアは怒って云った。

「私にとっては家族も同然——いや、さいごに残された家族も同じマリンカなのよ。これまでずっと苦楽をともにしてきて……この子がいなければ、私、とっくに行き迷って行き倒れていたに違いないんだわ。いまになってそんなこと、あの子を見捨てるなんて！」

「ああもうわかったわかった」

閉口してイェライシャがいった。

「またこの上ここでごちゃごちゃともめるのは沢山だよ。わかった、あとでわしが、お前たちをマルガに送り込んでから、この馬もついでにあちらのうまやの近くまで送っておっ放しておいてやるよ。頭のよさそうなやつじゃから、自分で主人を見つけにくるか、自分でうまやに入るじゃろ」

「す……すみません。勝手ばかりいって」

「まあな、実のところ、この巻毛の吟遊詩人を拾ったことそのものがわしの間違いだったよ」

イェライシャは苦笑した。

「この世には、いかに鍛えても実際的にはなれぬ頭というものも存在するというものでな。……この詩人の坊やを拾うではなかったよ……だが、この坊やがグラチウスの手に落ちたら、豹頭王がまたいろいろと困るだろうでな。じっさい、困ったことだよ」

「豹頭王って……ケイロニア王グインのことね？　いったい、どうして、アル・ディーンさまが、ケイロニア王とそんなに……うわさにしか知らないけれど、ケイロニア王はたいそうな英雄で……そんな、情にもろいような人物だという話しもきかないけれど……

…まさか……」

「何を考えてるの、リギア」

へきえきしてマリウスはいった。

「ぼくとグインはもともと、もう、何年も前から知り合いでずっと一緒に旅をしていたりして、まあ、その、つまり、友達なんだ。いまは――ただの友達というよりもうちょっと……親戚というか、つまり……まあ、いいじゃないの、だから、とにかく、早くしてよ、イェライシャ！」

「わかったよ」

仏頂面でイェライシャはいった。そして、ふたりをマントのなかに包み込むようにした。

ふいに、あたりが暗くなり、ふわりと目の前がとざされて、空気そのものの組成がかわってゆくような息苦しい感じがあった――それから、からだが宙に浮き上がるような感じがしたかと思うと、リギアは、意識を失った。

＊

「あっ……」

意識を取り戻したのは、だが、たぶん、一瞬――あるいはせいぜいが数瞬くらいしかたっていないときだった。リギアはあたりを信じられないような目で見回した。

「ここはどこ。さっきの……さっきの山中じゃない」

「だから、《閉じた空間》で運んでくれたんだよ、イェライシャが」

マリウスのほうが、先に目覚めていた。気のせくままに、立ち上がってあたりを確かめていたが、リギアが気がついたとみてふりかえった。

「ここは……」

「間違いないよ、リリア湖が見える。ずいぶん昔のことだけれど、自分の生まれ育った場所を見間違うものじゃない。ああ……リリア湖の湖水が……」

ふいに、マリウスはこらえきれぬ、つきあげてくる感情に負けたようにちょっと目頭をおさえた。

かれらがそっと置き去りにされていたのは、リリア湖を見下ろせるひっそりとした浜辺で、見上げると右手のほうにマルガの離宮のすがたがひっそりと夜明けのうす闇のなかにうずくまっている。この世の楽園とよばれるほどに美しいそのすがたは、うす闇のなかではあまりはっきりとは見えなかったが、早くも対岸の漁師の小屋にあかりがともりはじめているのは、朝釣りに舟を出す準備でもがはじまっているのだろう。ざざーん、ざざーん、とおだやかな波の音がする。それは、マリウスもよく知っている——幼い王子アル・ディーンとしてここで暮らしていたときに、朝晩必ずきいていた、限りなくなつかしい通奏低音だった。黒い木立のなかで小鳥たちもそろそろ目覚めかけているようだ。

「こんなかたちで帰ってくるなんて——マルガ。……もう、二度と戻ってくるときはないだろうと思っていたし……あれからも、随分長い漂泊をかさねたけれども、あまり夢にみたこともなかった。でも……やっぱりなんて美しいところなんだろう。マルガ……何ひとつ変わっていない。もっとずっと変わってると思っていたのに——まるで、ここでは時が止まってるみたいだ……」

「本当に……本当にマルガだわ……」

茫然としながらリギアはつぶやいた。

「なんてことだろう。……こんなことってあってもいいのかしら……あの老人は？」

「老師のこと？　たぶん、ぼくたちをここに送り込んで……ああ、きっとあのあなたの馬を連れにいったんだ。……大丈夫、ああみえて、イェライシャ老師はとても親切ないい魔道師なんだ。ぼくは……いい魔道師なんてものがこの世に存在するなんて、信じたこともなかったけど……これまでに会ったのが最悪なのばっかりだったからね。だけど、イェライシャ老師は本当に、やさしい、いい魔道師なんだ。……しかもとてもはっきりと自分の見識を持っている。なにしろ、もともとはドール教団の最高権威だったのに、回心して、ドールにも、黒魔道にもそむいて、そのためにずっとつけねらわれるようになり、《ドールに追われる男》の異名をとるようになったようなすごい伝説の魔道師なんだからね！」

「伝説の魔道師なんていうものが、本当にいまの御時世に存在して、生きていて……そしてこうやって私たちのうつつにかかわってくることなんて、あるとは思わなかったけれど……」

リギアはなんとなくぼんやりとしながらいった。

「魔道師って、なんかもっとこう……全然違う印象をもっていたわ。ヴァレリウスのことはあまり、魔道師という部分では考えたこともなかったし……なんだか不思議な気分だわ……からだが一瞬宙に浮いたような気がして、気が遠くなったと思ったら……あんな遠い、サラミスに近い山中から、一気にマルガにきてるなんて。同じ夜なのね。まだ全然夜が明ける気配もないわ。ちょっとづつ東の空が白みはじめてはいるけれど、さっきから五タルザンとたったようでもないし……なんてことだろう。頭がくらくらしそう」

「ああ！　そうだ、時間がないんだ！」

マリウスは、十年ぶりにマルガを訪れた懐かしさからやっと少し、おのれを取り戻して、自分たちのおかれている状況――何のためにイェライシャの魔道をたのんでまでここにあわただしくかけつけてきたのか、を思い出したようすだった。

「さあ、リギア……あなたなら、騎士たちも歩哨たちも疑わずに門を開いてくれるでしょう。早く行きましょう。ナリスのところにかけつけなくちゃ……応戦の支度だけだってけっこうかかるはずなんだから」

「ああ……そ、そうですわね……」

「どうして、あなたは、あんなところに一人で？　何かの任務だったの？」

しだいに、リギアとマリウスは互いの存在に馴れて、かつてマルガでともにきょうだいのように、ナリスと三人で育ったころの幼い日々の親しみがぎこちないやりとりのあいだに戻ってくるのを感じていた。もっとも、いまだに、リギアは一抹の疑惑をぬぐいきれずにいたし、マリウスはマリウスで、戻ってくるつもりのなかったマルガに、いままたこうしていることへのおもはゆさやためらいやおののきを捨てきれぬようだったが。

「任務ではなくて……」

リギアはためらった。

「私は、もう、ナリスさまのもとにはいられないと心をきめて……スカールさまが、ナリスさまの佯死の戦略に激怒されて、二度とナリスさまのためには戦わぬとおっしゃって出てゆかれたときに——私をお連れ下さらなかったので……でももう、あそこにはいたくなくて……」

何も事情を知らぬ——であろうとリギアは当然思った——マリウスに、そのようなもっとも個人的な心の深い傷について説明するのをためらって、リギアは口ごもった。

そのときだった。またふたたび――まるでさっきイェライシャがあらわれたときとまったく同じように、目のまえの空間がもやもやと黒く凝固しはじめた。魔道師の出現だ、ということにはもう、かれらもさすがに馴れっこになってあまり驚かなくはなっていたのだが。

だが、おおむねイェライシャだろうと思ってはいたのだが、万一にも敵だった場合を想定してリギアはまた剣に手をかけて身構えた。しかし、もやもやとその空気がかたまって、ひとのすがたをとったとき、リギアの口からはするどい悲鳴のような叫びが洩れていた。

「だ……だれっ！」

「イェライシャ老師から、湖の南東岸、離宮の裏門から下る小道の終わるあたりにいってみよ、思わぬ使者が待っている、という心話をいただきまして、いそぎ当番の魔道師として様子を見に参りました」

そこに姿をあらわしたのは、黒いマントにすっぽりと身をつつみ、フードでおもてを隠した、二人の魔道師だった。

「上級魔道師ディランでございます。こちらは部下の下級魔道師コームと申します。今夜の魔道の見張り当番をつとめさせていただいておりました者でございます」

「そ……そう……ああ、ディランね……思い出したわ」

「リギアさまと、アル・ディーン殿下でおいでてでしたとは。……思いがけぬお帰りのなされようで……」

「おお、それどころじゃないわ！」

リギアは、安堵のあまりいきなりすべてのからだの力が、抜けてゆくようにも感じながら、にわかに心臓が激しくまた波立ちはじめるのをおさえて叫んだ。

「大変よ。イシュトヴァーン軍が奇襲をかけてくるわ。マルガを襲い、ナリスさまをいけどりにするつもりよ。二手にわかれて、マルガを包囲するといっているわ。お願い、いますぐ、応戦の用意を。早く」

4

「…………」


ディランは、一瞬、どのように返答をしようかと迷うようすであった。

それから、いきなり、痩せた手をあげて、フードをはらいのけた。

「御免。非常事態ですので、失礼を」

ディランがささやくようにいった。と思うと、いきなりディランは指をのばして、リギアの額、眉と眉のまんなかに二本の指さきをそろえてあてた。とたんに、リギアは、まるで頭のなかに白い炎がはじけたような感覚を覚えてそのまま気を失いかけて倒れこんでしまった。

マリウスは叫び声をたてた。が、リギアのからだは、地面に倒れ込むことなく、宙にゆらゆらと目をとじたまま立っていた。

「――なるほど」

魔道師はつぶやき、それからもういっぺん、確かめるように、そっとおのれの額をリギアの額につけた。それから部下にうなづきかけて、顔をあげ、もう一度、リギアの額に指をつけてそっとなでるようにすると、リギアの目がぱちりと開いた。

「私——私いったい……」

「わかりました」

ディランは云った。

「失礼ながら、あまりに重大なお知らせでしたので、ちょっと魔道によって確かめさせていただきました。なるほど、それは非常事態だ。……申し訳ございませんが、おふたりには、この部下のコームにご案内させ、とりあえず東南の裏門をあけさせますので、そちらの道をあがって離宮へお入り下さい。私は失礼してただちに先にいって、幹部のかたがたにご報告申し上げます」

「よろしく頼むわ、ディラン」

「アル・ディーン殿下のお戻りにつきましては、またあらためて上の者の指示をあおいでのち、どのようにお伝えするかうかがわなくてはなりませんので……いずれにせよ、離宮におはいりいただき、別室をお取りいたしますので、そちらでしばしお待ちいただけましょうか。……何分、長年、おいでにならなかった殿下のことでございますので……お疑いいたすわけではございませんが……ナリス陛下もおからだのお加減が悪くいらっしゃいますので、わたくしなどの一存にてはなかなか、どのようにいたしてよろしいものか決めかねますので……」

「そ、それはもう……こんなさいですから」

マリウスはとまどいながらいった。たとえどのようなかたちでの兄弟の再会を予想していたにせよ、このようなかたちではなかったのは確かであった。この期に及んで、激しい気後れも——おのれが兄を捨ててこのマルガを逃れ去ったことにも、パロを捨てて放浪の旅に出たことにも、うしろめたさを感じていたし、そうしていざ顔をあわせる時が目のまえにきたとなると、ひたすら心がひるむばかりであった。

その上に、もうひとつのためらいが、マリウスの心をいまになって締め上げていた——リギアにもそれは口に出してはいない、本当のいまのおのれの身の上——ほかならぬ、豹頭王グインはおのれの、同じ血の姉妹をめとった義弟であって、そしておのれはいまや、大ケイロニア帝国の皇女オクタヴィアの夫であり、ササイドン伯爵、アキレウス・ケイロニウス皇帝の二人しかいない娘婿のひとりなのである、ということへのためらいである。ここまでがむしゃらにやってきて、イェライシャの助けをかりてついに目的地にたどりついてみて、それがあまりにもあっけない到着のしかたであったためか、いまになってマリウスの心にはにわかな、これまで感じるゆとりもなかったような激しいおびえや、ためらいや逡巡、（こんなことをしてしまって、こんなことになってしまって、よかったのだろうか……）という恐怖が、強くつきあげてきていたのだ。

が、ディランはもう、かれらをかまうゆとりもなく、いきなりこんどは前触れもなしに空間にとけこむように姿を消してしまった。リギアはその消え方について何かいおうとふりかえったが、マリウスが恐しいほどに切迫した目をリリア湖の暗い湖水にすえているのに気づいて驚いた。

「ディーンさま……どうなさったの？」

不安になって声をかける。はっとしたようにマリウスはおもてをあげた。そして、まるで、立場が逆になったように——あれほど、マルガに注進にくるのを急がせて必死になっていたのはリギアのほうで、とまどい、ためらっていたのは自分のほうだとでもいうかのように、視線を泳がせた。

「ぼくは……いや、ぼ……ぼくは……」

かれは呻くようにつぶやいた。そのあとは、胸のなかのつぶやきになった。

（ぼくは……戻ってきてはいけなかったんじゃないだろうか……ナリスに会う……そんな、そんなことが本当に……おこってしまっても……よかったんだろうか？　なんだかとても——悪いことがおこりそうだ。なにかとてつもないことがおきてしまいそうだ……とても怖い。とても……ああ、立っていられない、気を失ってしまいそうに怖い！ナリスはなんていうだろう、ナリスを捨てて去っていったこのぼくを……あまりにいろいろなことがあった十二年の歳月ののちに——ナリスは……）

(ナリスは、ケイロニアの皇女の夫になったことを知ったら、ぼくをいったいどうしようとするだろう！)

激しい恐怖のようなもの、激烈な恐慌がマリウスのかよわい心を突き抜けた。マリウスはがたがた震えはじめた。必死に両手で自分のからだを抱いてふるえをしずめようとしても、それは容易にしずまらなかった。リギアは、早く宮殿に入って自分も応戦の支度をしようと焦っていたが、このようすをみて思わずふりかえった。

「お加減でも、悪いんですの、ディーンさま」

「い……いえ……」

そのひとことと――

(ディーンさま――アル・ディーンさま……)

そのひとことに、マリウスは、忘れていた十年前――十六歳までの八年間が一気に、細胞のなかに滝となって流れ込んでくるようなすさまじいめまいを覚えていたのだった。

「こちらへ」

にぶい声をかけられて、はじめて、かれらは、もうひとりの下級魔道師が、かれらを離宮に案内するために待っていたことに気づいた。まだ明けもやらぬマルガに、ようやく、かすかに薄紙をはぐように曙光のさいしょの一閃が湖水に訪れようとしはじめているころあいであった。

「ナリスさまッ」

奥の寝室には、すでに、ディランからあらかじめ心話でヨナに報告がいっていたので、ヨナと、カラヴィアのラン、そしてローリウス伯爵とダルカン聖騎士侯、ワリス聖騎士侯とが、次々と集まってくるところだった。ナリスは、眠っていたところを急に起こされたのだろう。かなり具合が悪そうだったが、何も不平をいわず、肩からすっぽりと、カイがかけてやったストールで身をつつみ、カイの腕になかば抱きかかえられるようにして身をおこして、クッションをあてがわれて上体を起こして、カラム水を吸呑みから飲ませてもらっていた。顔色が真っ青で、肩で息をしているのは、突然に起こされたからだろう。

「わかっている、ディランからきいたよ」

さいごに入ってきたランのあわただしい叫びをおさえるように、吸呑みから口をはなして、ナリスはささやくようにいった。喉の調子のよくないナリスは、起きてしばらくは、声が出なくて苦しむのがつねなのである。だがいまは、そのようなことをいっている場合ではなかった。

「いま、ディランがリギアをともないにいった。――リギアが山中で偶然、イシュトヴァーン軍にゆきあったらしい。……知らせてくれて、こればかりは、ヤーンの神のおはからいだな。もし、リギアがゆきあってくれなかったら……それこそ完全に寝込みをおそわれていた。……ヴァレリウスはいないし」

さいごのひとことがつけ加えられると同時に、思わずヨナたちはおもてを伏せた。ヴァレリウスはリンダをともなって、まさに、サラミスに昨日の朝出発したところであった。

「あまりに、ねらいすまされたように時期がよすぎるね。……いまからでは、ヴァレリウスがサラミスから引き返してきても、あるていど時間がかかるし、といってサラミスにいってグインの軍勢を援軍に連れて戻ってくるまで、マルガがもてばいいが……」

「もたせます。たとえ一命にかえても！」

蒼白な顔でランが叫んだ。ただちにローリウス伯爵が大きく激しくうなづいた。

「ランどののおっしゃるとおりです。もう、四の五のいっている段階ではありません。応戦準備にはただちに入らせております。奇襲によって寝込みを襲われるよりは、かなりまともに応戦できるでしょう。……それにリギアどのがお戻り下さったのなら、ルナン騎士団を率いていただいて……」

「いまどのくらい、兵力があてにできるのかな、マルガ全体で」

「カレニア騎士団を一部、国表に戻して入れ替えようとしているときでしたので」

無念そうにローリウスが云った。

「カレニア騎士団が一万を割ってしまっております。正直、七千しかおりませんが……なんとかもちこたえさせます。そうするしか」

「義勇軍は最近、マルガ市民からの応募もあわせて一万近くに増えておりますが……」

ランは激しく云った。

「ディランからの報告だと、リギアがきいたのは、イシュトヴァーンが軍をふたてにわけて、いっぽうがマルガ正面つまりは北側から、そしてもう一軍はまわりこんで南岸のほうから、離宮からの退路をたつ作戦のようだ、ということだった。どちらにしても、いまからリリア湖ぞいに退却することは難しい。船を使ったら、せまいリリア湖では、ほかの大きな湖と違って動きがまるみえだ。岸で待ち伏せされるために船を出すようなものだ」

ナリスは云った。そしてまた苦しそうにカラム水を口にした。カイはひとことも云わずに、ただひたすら、ナリスをかかえるようにしている。

「ロルカ。ともかく早速にヴァレリウスに戻るなりグインの援軍を連れて戻るなり、ヴァレリウスが最良と思う方法で加わってくれるように連絡をとって」

「かしこまりました」

「イシュトヴァーン軍は三万」

ナリスはゆっくりといった。

「しかも、強敵。……これまでの、レムス軍とは……正直いって、ベック軍とも違う、比べ物にならぬほど勇猛だときいている。……二万と一万にわけてくるか、一万五千と一万五千か、いずれにせよ、わが軍が、カレニア騎士団が七千、義勇軍が一万いるとしても、ふたてにわけてもどうにもなるものではない……聖騎士団は半数、まだダーナムにいるし、マール公騎士団は……三日前に、アライン街道のサレムへ移動させた。レムス軍の南下に対してそなえるためにだ。むろん、ただちに引きかえさせるよう、使者は出すが、三日前から移動を開始しているのだから戻ってくるのに最低でも三日はかかることになる」

「………」

「レムス軍がアライン街道ぞいに南下してくるだろうという予想のもとに動かした兵だったし……カラヴィア騎士団がもし、クリスタルを離れてこちらについてくれるようなら、マール公騎士団に迎えさせて、というつもりの用兵だった。……まさか、イシュトヴァーン軍がこの時期にそういうふうに動くとは思わなかったね」

ナリスはしずかにいった。

「不覚——とは云わぬ。これは不覚じゃない。……確かに、イシュトヴァーン軍の南下と、スカール軍との交戦の情報も入っていたし、だからこそ一刻も早くケイロニア軍をサラミスからマルガに迎え、そしてカラヴィア騎士団をもサレムからマルガに迎えられれば、という、それなりの見通しによっての動きだったはずだ。だが、まるでそれをすべて見越されていたように――ヴァレリウスまでがいなくなったその瞬間をつかれた。……イシュトヴァーンひとりではおそらく、いかに情報をたくみに収集できたとしても、それをすべて知るのは無理だろう。……ことにヴァレリウスのことはね。まあ、ヴァレリウスの不在はこれは偶然ということもありえなくはないが……」

ナリスはせきこんだ。あわててカイがそっと背中をさすってやる。

「ナリスさま。お苦しゅうございますか」

「大丈夫だよ、カイ」

「リギア閣下がお見えでございます」

ディランがリギアを先導して入ってきた。リギアは悪びれずにおもてをあげていた。

「勝手な行動をして戦線を離脱いたし、まことに申し訳ございませんでした」

まっすぐ、ナリスの寝台の前へあゆみよると、リギアは傭兵のいでたちのまま――衣類をととのえるひまなどなかったのだ――膝を折って、国王への正式の礼をした。その胸のうちが、もはや二度とまみえぬつもりでいたひとに会って、どれほど激しく動揺していたとしても、おもては冷静だった。

「しかしながら、このような結果になったことを思えば、これもまたヤーンのご加護だったのではあるまいかとさえ思っております。……イシュトヴァーン軍は総勢三万、ふたてにわかれて、夜明けをめどにわがマルガに奇襲をかけるべく、マルガ北側の旧道を南下する部隊と、そしてまわりこんで、南岸からリリア湖ぞいに、離宮の南を攻略する部隊に別れて進んでいるようすです。どのように別れているかはわかりませんが、イシュトヴァーン当人は間違いなく、旧道を南下する本隊を率いております。……そして、彼は、『ナリス陛下を必ずいけどりにするよう』にとの命令を部下たちに下しているのを、偶然わたくしは立ち聞きいたしました。彼の目的はそこにあるようです」

「私のような生ける屍をどうしてみんな、そのようにいけどりにしたがるのかな」

ナリスは苦笑した。

「お知らせをうけ、ただちに部下の魔道師部隊を各方面にはなち、斥候させております。……情報の収集に手をぬいていたわけではございませんが、この奇襲はあまりに唐突で、その動きをつかみそこねておりました。リギア閣下のお話をうけたまわりますに、イシュトヴァーンはスカール軍との交戦ののち、意図的にいったんおのが軍をはなれて各方面からの斥候の目を攪乱してよりのち、旧道に軍隊を少しづつ進入させ、そして軍と合流し、そしてそこではじめてマルガ奇襲の意図を明らかにしたもののように思われます」

ディランが頭を垂れてうっそりと報告した。ナリスはうなづいた。

「確かにね。お前たちのせいじゃない。それにわれわれのせいでもない――これまで、イシュトヴァーンはいっさい、そんな、神聖パロに敵対する意図があるようなけぶりさえ見せていなかったのだ。何回かきた親書はすべて、神聖パロに味方したい、援軍としてゴーラよりパロに入った、神聖パロのために、中原のためにレムス軍と戦う一員に加えていただきたいという趣旨のものでしかなかったのだ。私とヴァレリウスとヨナのあいだで、それにたいしてどのように対処すべきか意見がわかれていたために、まだそれに確定した返事は出していなかったけれどもね」

「は……」

「ともかくしかし、いまここで、裏切者！　だの、それがいつものイシュトヴァーンのやりかただったのだなどということをあげつらっていたところでしかたがない。問題はとにかく、イシュトヴァーンがどれほど卑劣であれ、裏切者であれ、その軍もイシュトヴァーン当人もすこぶる勇猛であり、その三万の軍に対してわれわれ神聖パロがどこまでもちこたえられるか――もちこたえているあいだに、なんとか態勢を立て直せるだけの援軍をどこからでもよんでこられるかということだ」

「その前に」

ヨナが静かにいった。

「わたくしは、ナリス陛下をとりあえずどのような方法をとってでも、マルガから避難していただくのが一番先決だと思います」

かすかな驚きの声をあげたのはワリスか、ローリウスだっただろう。ランは、重々しくうなづいたばかりだった。

「陛下のおからだのことを思いますと、そのような急激な移動がおつらいのは当然ですが、ここは背に腹はかえられません。……南岸から、ともかくいったん船で陛下とごく少数の護衛、ロルカどのとディランどのとありったけの魔道師団と、そしてたぶんいって百くらいの騎士団と……どなたが指揮をとるか、どの騎士団になるかはこれから決定として、そのくらいでまず陛下をリリア湖北西端の側へお逃がしします。そこにあらかじめ、もうあと……できれば三千ていどの兵を極力早めに送り込んでおいて、お迎えし、そしてそのままなんとかサラミスへ……ヴァレリウスどのが、連絡をうけて戻ってきてくだされば……そのうしろからケイロニア軍が守りにきてくれれば、なんとか……」

「いや、それは」

激しくワリスが叫んだ。

「危険です。三千の兵を動かしているあいだに……どうしても陛下の船のほうが早くついてしまいます。そしたら、陛下はほとんど護衛のいない状態で三千を待たれることになる。それこそ敵の思うつぼになってしまうのでは」

「それにさきほど陛下のいわれたとおり、リリア湖は小さく、船の動きが丸見えです」

ランも沈痛にいった。

「船で落ちられること自体、かなり、危険かもしれません。むろん、あらんかぎり、援護もお守りもいたしますが」

「とりあえず、だが出動準備は進めて置いてくれ。いまのところ、北側からの敵にたいしてはローリウス、迂回してくる部隊に対してはリギアとランで率いてくれるね」

「かしこまりました」

「はい、アル・ジェニウス」

「そう、それに……」

ゆっくりと、ナリスはいった。その青白いおもてに、奇妙な微笑のようなものが浮かんだ。

「私は……落ちないよ。船でリリア湖を落ち延びてサラミスへは……ゆかない」

「なんですって」

叫んだのはリギアだった。ほかのものたちも叫びをかみころした。

ナリスはゆっくりとかれらを見回した。

「もう、落ち延びるのは——これ以上、またしても逃げ回るのはもうたくさんだよ。……これまで、どんどん、マルガからクリスタルへ、カリナエからランズベールへ、そしてジェニュアへ、そしてアレスの丘へ、ダーナムへ、マルガへ……と、ずっと、落ち延び続けてきた。そしてマルガにたどりついてようやく多少の安定を得たかに見えたが……

…もちろん、みなは、一刻も早くカレニアか、せめてサラミスへ移動してくれと頼み続けてくれていたけれどもね。だが、そのあいだも私は実は考えていたよ。こうして逃げ回っていたところで何にもなるものではない――私が反乱を起こしたのは、そうやって逃げ隠れて、地方のまだレムス軍の手のとどいていないところを支配するためではないんだとね。私はパロを――パロ全土をおのれの手に取り戻し、レムスの誤った支配から取り返すためにこの軍をおこしたのだ。いまになってこうして、またしても逃げまどっていていったいどうなるものでもないよ」

「そ、それはそのとおりです。しかし」

「リギア」

ナリスはおだやかな微笑をさえ含んだまなざしをリギアにむけた。

「あなたが、私に愛想をつかして去っていったのに、私の急場をきいて、わざわざこうして、いのちにかえて知らせにきてくれたその心は忘れないし、その愛情に対して、本当に有り難いと思っているよ。だが、レムス軍ならばともかく――相手がレムス軍、そしてキタイの竜王に支配された同胞だというのならばともかく、いまマルガを攻め寄せようとしているのは、イシュトヴァーンひきいるゴーラ軍なのだ。かれらは血も涙もなくマルガをふみにじるだろう。……それがわかっていて、マルガの町をも、離宮をも捨てて私ひとりが逃亡してながらえる、などということは、できはしないよ。そのようなことをしたら、私は何のために謀反をおこしたのか、わからなくなってしまう」

「それは……それは、ナリスさまは、そのように……臣民のことをお考えになるから……でも、ナリスさまはおひとりしかいらっしゃらないんですわ！」

「何回も、あなたをああしてあざむいたのに、よくぞ戻ってきてくれた」

ナリスはおだやかに云った。

「もう、いいよ――そのことだけで私はとても嬉しい。もしも、あなたが望むなら、南岸からの敵にあたる部隊をひきいるのはランとリギア、といったけれども、あれはランとワリスにしてもらって、あなたはここからまた旅に出てください。あなたはもう充分に私を助けてくれたし、その恩義は私たちは一生忘れないよ――あれほど、あなたを裏切って、あなたは深い失意を感じていたであろうにもかかわらず、よく」

「ナリス――さまっ！」

「私はもう逃げない」

しずかにナリスは云った。

「それが私の運命なのだとしたら……イシュトヴァーンが私の運命を持ってくるのだとしたらね。私はそれに対してみなとともに戦う。もはやこのように剣のひとつもとることのできぬ王ではあっても、私は神聖パロの初代聖王の名乗りをあげたからには、もう……これまでとは違う。マルガで私はその聖王の名乗りをあげた。王とは、そのようにもう簡単に国を見捨てて逃亡し、おのれの身だけを守ろうとはかるものではないと私は思うよ」

「ナリスさま！」

ローリウスが叫んだ。ランも、みるみる、目に涙をふくれあがらせながらナリスの寝台の足もとにとりすがった――が、あまり動揺をあたえぬよう、激しい動作ではなかった。

「アル・ジェニウス！」

「本当は私こそが先頭に立って戦いたい。そうするための王であり――人民は王のためにあるのではなくて、王こそが人民のためにある、そのようでありたいと私はずっと思っていたよ。……マルガを見捨てはしない。私の運命はマルガとともにある。……ローリウス」

「はッ！」

「ただちに、マルガの町の北辺に防衛線を張って、町にゴーラ軍が入るのを極力ふせいでくれ」

「か、かしこまりましたッ！」

「ラン、南岸を守るのはワリスとダルカンにまかせる。ランの持ち場は変更だ。すぐにマルガの市民たちを――ことに女子供、老人と病人を、シランの方向に避難させるよう、その手はずにかかってくれ。マルガの市民たちを守る役目は義勇軍に全面的にまかせる」

「は……はッ！」

「あなたは……好きなようにしていいんだよ、リギア」

優しい声であった。

「ほんとに、よくぞ戻ってきてくれた。……でももう、あなたを裏切った私と生死をともにすることはない。スカールのもとに旅立ちなさい。私からお願いするよ、リギア。どうかそうしてくれないか。私の、一生の願いだ」

第四話　炎よりも強く

1

マルガは、たちまち、あわただしさに包まれた。

人々がただちにそれぞれに与えられた命令を実行するために寝室から走り去ってゆき、マルガの離宮はいっせいに目覚めた。もはや、いまさら奇襲に気づいていないふりをしたところで意味がないだろうというナリスの判断によって、ただちにマルガの離宮全体に応戦の態勢がとられ、兵士たちがあわただしくかけまわって人々を起こし、マルガの町にもふれがまわされたので、少しのちにはマルガの町のほうにもあかりがつき、激しい混乱がはじまっているようすがここからでも感じ取れるほどであった。

どちらにしても、勇猛を誇るイシュトヴァーン軍を迎えうつべく、あまりにも、マルガが手薄で、しかも場所的にも応戦に適した場所ではない、ということは、誰もがよくよくわきまえている。この奇襲が、あるいは、これまで奇跡的なほどによくレムス軍への反乱をもちこたえてきた神聖パロにとどめをさす、さいごのものになるかもしれぬ、という予感を誰しもが持っていた。口には出せぬ、だがひしひしと身に迫ってくる狂おしいほどの破局の予感であった。

「……いま、よろしゅうございますか？」

リギアは、いったん別室にひきとったが、小姓に問わせて、ナリスのほうが少し落着いたすきをみはからって、再び、こんどはふたりだけでの謁見を乞うた。ナリスはすでにその申し出を予期していたらしく、それはすみやかに受け入れられた。

さきほどの寝室に入ってゆくと、もう諸将はみなそれぞれのあわただしい任務のためにそれぞれの持ち場についているのだろう。寝室のなかはひっそりとして、カイがナリスの身支度を手伝っているだけだった。支度といっても、よろいかぶとをつけるような状態ではないのはむろんだったから、ただ、上着を着せてやっているだけだったが。

「申し訳ございません。お忙しいところを」

「いや、いいよ。ひさびさに会うのだし、それに少なくとも私はもう――何も忙しくはないよ。私が一番、ひまな人間なのではないかな、この離宮のなかで」

ナリスは奇妙なおだやかな笑顔をみせた。リギアはその寝台の前にひたと両手をつかえて平伏した。

「どうしたの、リギア。あらたまって」

「何と申し上げていいのか……」

「あなたが知らせを持ってきてくれたことについて、まだちゃんと礼を述べていなかったような気がする」

ナリスはほほえんだ。

「どうもありがとう、リギア。そして、さきほど私が云ったことを忘れないで。本当に、私はもう、あなたを縛るつもりはまったく持っていないよ。それも、何のうらみもなく。……だから、どうぞ安心して、なるべく早くこの離宮を離れてください。スカールの居場所がわからないのだったら、魔道師に調べさせてあげてもいいし……ひとりかふたり、魔道師をつけておこうか。そう、それに一個小隊でもいいから、あなたを護衛して、スカールのところに送ってくれる兵を。それなら、あなたも安心でしょう」

「とんでもない。わたくしのために、そうでなくても手薄な戦力をちょっとでもさいていただくことなんかできません」

「でも、そのために、かれらだけが生きのびる好機をつかむのかもしれないんだから」

ナリスはまた笑った。なぜ、こんなによく、しかもおだやかに、なごやかな顔で微笑むのだろう――リギアは、奇妙な胸をつかれるような思いのなかで、思っていた。

「いいえ、……本当にわたくしのことはもう。それに私――私、迷っていますの。正直に申し上げて」

「迷って……とは」

「やはり、ここで戦ってともに——ナリスさまと、そのう……運命をともにすべきではないのか、それが自分の一生ではないのか、と。……これまでずっと、それしか知らないできて……いまになって、そこを離れようとしたやさきにこのような知らせを持ってくる使者の役をはたすことになったというのがなんだか——とても、ヤーンの啓示のように思われて」

「だめだよ、リギア」

ナリスはまた微笑した。そして、ちょっと、肩ごしにカイにうなづきかけた。

「ちょっと、飲み物をとってきて」

それは婉曲な人払いであった。カイはしずかにうなづいて音もなく出ていった。

二人だけになると、ナリスはもういちどほほえんで、こんどはリギアにうなづきかけた。

「私は……なんだかとても長いあいだ、夢をみていたような気がしていてね」

そのことばは、静かだが、はっきりとしていた。

「私の一生というのは、長い長い夢にすぎなかったのだろうか——そしてもしかしたら、私は、死にかえるのではなくて、いまようやく、夢からさめるときを迎えるのだろうか、というような——そんな」

「何をおっしゃるんです」

リギアはちょっと戦慄した。

「そんな……これから戦いだというのに、死などという不吉なことばをおっしゃらないで下さい。まだ、負けるとさだまったわけではありませんわ」

「そういうことで、自分が――愚かしいことを口にしている、とは思っているでしょう？　三万のゴーラ軍、これはかなり……決定的だね。これが三万のレムス軍なら、まだしもなんとかなりようもあると私も思ったかもしれないが」

「それはわかりません。死にものぐるいになればひとは思っている以上の力を出すもの、もしもあと……あと三日、いえ二日……もちこたえられれば、きっと……もうちょっと……援軍がきて、そして……」

「援軍がなければどうにもならない、ということ自体がね、リギア、まがりなりにも神聖パロ王国などと、名乗ることが無理だったという何よりの証明にほかならないよ」

一瞬、にがにがしい表情をみせてナリスはいった。だが、またすぐにもとのおだやかな表情に戻って、なだめるように微笑んだ。

「まあ、もとから、無理ないくさだということ、無謀だということはわかりきっていたけれどもね。――こちらにどれほどの兵力がついてくれるか、というようなこと以前に、私が――その総指揮をとる私自身がこのような不自由なからだだ、ということが、最大の無謀だったよ。……皆には、ずいぶんと迷惑をかけてしまった。私のこのような無謀と無茶のおかげで」

「何をおっしゃるんです。いまになって。……いまこそ、このゴーラの卑劣な奇襲さえなければ、レムス軍をむかえうつのに、グイン軍も参加してくれる——カラヴィア軍もたつ——ようやく陣容がととのって、ふたつのパロが生まれて、そして激突し、世界にそのどちらが正しいのかを問いかけようとしはじめる、新生のときだったのではありませんか」

「だが、そのためにもずいぶんともう無理に無理をかさねて多くの犠牲を出してしまった。……ねえ、リギア」

「は——はい」

「ひとは、死なんとするとき、もっとも賢くなるものだというけれど……」

「また、そのようなおことばを……」

「いや。……私が云おうとしたのはね、いや、ひとは、必ずしもそうとは限らない、むしろ死を前にしたときもっとも愚かになるものだって大勢いるはずだ。だけれども、ただとにかく、死を前にしたときというのは、おのれがかつてどれほど愚かで、無謀で、何もわかっていなかったかだけはいやというほどわかるものだな、と、そういいたかったんだよ。リギア」

「……」

「私は……なんだか、ずいぶんみなに迷惑をかけちらしてきたものだな、と思って」

「何をおっしゃるんですの。こんどはまた」

「いや……みな、本当に寛大に私の我侭も迷惑も、また無謀も受け止めてくれてきたけれども……それももう、さいごだから……せめて皆にきちんとわびられることはわびて、気持よくさいごを迎えたいなと思っただけだよ。……あなたにもね、リギア、本当にすまないことをした。……伴死の件ではないよ。あれについてあなたをあざむいたことも、スカールが怒ったことも、それは彼の倫理の規範にはそむくかもしれないけれども、あのときの私とヴァレリウスにとってはほかにどうするすべもない選択であった以上、まったく、それについて悔やんでも、間違ったとも思っていない。スカールには、わびようとは思わないよ――いや、むろん、せっかく心をかけてくれたのに、意にそまぬ、彼を不愉快にさせる結果になってしまったことはすまないとは思うけれど、それはヤーンのはからいであって――彼もまたすべてを知っているわけではない。彼のみが正しいわけでもない」

「それはもう……でも、ナリスさま……」

「私が、あなたにわびたいと思うのはね。……あなたの一生を、なんだか私のせいでつらいものにしてしまったな、ということ」

「何をいったい……」

リギアは笑いにまぎらそうとした。だが、その笑いは口もとでぎこちなくこおりついてしまった。

「いまのナリスさまはおかしいですわ。なんで、そんなことばかりおっしゃるんです」

「あなたと話すのもたぶんこれがさいごの機会だと思うからね。——本当に、あなたにはたくさんのものを負うている……いくらわびても、とりかえしがつかぬほどたくさんの負債を、私はあなたに。……まず、あなたの母上を、乳母として、とりあげてしまったこと。あなたの父上を、私の保護者としてとりあげ——あなたが、一人娘として当然独占すべき、父上と母上の愛情を私とわかちあわせてしまったこと。……そして、あなたが、ひとりの女性として安全にすこやかに、ほかの女性と同じように成長し、平和のうちに家庭に入り、平凡な女性の幸福を得てゆく道を、おのずととざさせてしまったこと。……あなたの一生のために、私はずいぶんと影響を与えてしまったという気がする」

「でもそれを後悔したことなんかありませんわ」

強い口調でリギアはいった。

「私は一度だって、父に女騎士としてナリスさまをお守りするよう、さだめられて育ったことをくやんだことも、こんなふうであることを悔いたこともありません。悔いることはそれはいくつでもありますけれど――でも、私は、そんな、あなたのおっしゃるような平凡な女性の幸福なんか、ひとつも欲しくなんかなかったし――そのなかで、もしも安閑とドレスを着て舞踏会で踊って、恋を職業のように騒ぎ立てて生きてきたとしたら、きっと、いまごろは――そう、どうなっていたんでしょうね、見当もつかない。でも、少なくとも、私は私であれてとても幸せだったと思うし、その私がいまあるような私であるようにしてくださったナリスさまを深く愛し、忠誠を捧げておりますわ。――もう、私のことはご心配なさらないで。どのようにするにしても、私は自分自身で自分の身の始末をつけ、納得のゆくようにしか生きて参りませんもの。……スカールさまのところにたどりつけなかったということそのものが、きっと、私の生はスカールさまとともにではなく、ナリスさまとともに終わるようにさだめられていたということなんです」

「それはいけないよ。……スカールもあれでけっこう寂しい人なのだと私は思っている。自分でそう云えない、そう意識もできないくらいにね。だから、スカールのところにいってあげて欲しい。せめて、あなたとスカールくらいは幸福になってほしいと思うし……もしもできることならば、リンダを守ってやってほしいと思うし……」

「リンダ……さま――」

ふと胸をつかれて、リギアは息をのんだ。

ナリスはうなづいた。

「ヴァレリウスには、事情を心話で知らせてやって、すぐ戻ってくるなり、グインを連れてくるなり、対処してほしいといったが――そのまえにひとつだけ頼んだよ。リンダを、グインのもとに連れてゆき、そして――マルガに戻らせないでくれと。サラミスでリンダを安全に守れるように体制をととのえてから、ヴァレリウスがそう望むのならマルガに向かってくれとね。彼がいかにすぐれた魔道師でも、それをみなすませてから、マルガに戻りついたときまで、私が――私が生きながらえていられるとは思わないけれども……それでも、それもまた運命だから……」

「ナリスさま」

激烈な恐怖にかられて、リギアは叫んだ。

「駄目です。いまから、そんな、弱気になっておいでては！　イシュトヴァーンが何だというんです。それはゴーラ軍は勇猛かも知れないし、三万は大軍――ことにいまのマルガには荷の重い相手かもしれないけれど……」

「荷の重い相手、ではないよ、リギア。最初から、とても立ち向かえない相手、だよ」

「かもしれませんけれど――でも、カレニア騎士団だって、聖騎士団だってみないのちがけで防戦しますし、それに……第一、イシュトヴァーンは、ナリスさまを生きてとらえよと命じていました。ですから、ナリスさまのおいのち自体は……」

「だからだよ、リギア。だから、私は生きながらえていることはできそうもない」

ナリスは落ち着いた声でいった。

「私のいのちを——というよりも私の知識を、あのキタイの竜王が、古代機械を操れる存在として、ずっと手どりにしたいとねらっていることはわかっていた——そして、私は、もし万一のときには、古代機械を破壊し、私自身の存在を抹殺してでも、竜王の手にその秘密が入ることのないようにしよう、との決意を固めていた。——イシュトヴァーンがもしも何か感傷的な動機にでもかられたとしても、彼にはそのように、私を生かしてとらえよと命令する理由があるだろうか？　私には……そのことばをきいたとき、とてもぞっとするような理解があったよ。イシュトヴァーンはたぶん——キタイの竜王に……その傀儡になったのだな、という……」

「何ですって！」

「これは私の直感だけれど、私ももうずいぶん長いこと、寝たままのこの不自由なからだでキタイの竜王とたたかい、直感をとぎすましてきたから……たぶん間違いはないと思うよ。私を生かしてとらえたいと思うのは、キタイの竜王にくみするやからだけだ。……本当はレムス個人は私をあらんかぎり残虐なやりかたで抹殺したいと願っているらしいよ、リンダのことばによればね。それはまあ、無理のないことかもしれないと私も思うが。だが、だから、私を生かしてとらえたいのは、レムスではなくて、キタイの竜王なのだし、イシュトヴァーンにはまして、キタイの竜王にそうそそのかされたか、命じられた、という以外には、たぶん――」

「そんな……」

「私を、生かしてとらえたい理由がない。……というよりも、私にはよくわからない、そもそも、私と《運命共同体》になりたい、などということばを吐いて、マルガにやってきて、私にパロの支配者になれ、そして自分がゴーラの支配者としてともに中原を支配しようとそそのかしたはずのイシュトヴァーンが、いまこの状況下で突然マルガに襲いかかって来るということ自体がとても不自然に思われる。……だが、私はこのたたかいのなかでこれまでさんざん、突然に人格の変わってしまった人物に出会ってきたよ――リーナスしかり、オヴィディウスしかり……レムスそのものが、それをいうならばそうだったかもしれないしね。……だから、私は、つねに、そういう理解できない現象があれば、その裏にキタイの竜王の影がある、ということを念頭においてものごとを見るようにしているのだ。だから」

「イシュトヴァーン王がキタイの竜王にあやつられてこのたびの奇襲を仕組んだとおっしゃるんですか」

　恐怖におののきながらリギアは云った。

「そんな、恐しい――いったい中原はどうなってしまうんです。いえ、中原はどうなってしまったんですか？　このさき、そんなことが当たり前になってしまったら、誰を信じたらいいのか、どう生きていったらいいのかさえわからなくなってしまいそうだわ」

「だからこそ、私は、そういう脅威を、永遠に中原から追い払いたいと望んだのだけれども」

ナリスはほっと低い吐息をもらした。

「私にはちょっとばかり、やはり荷のかちすぎる任務であったようだ。――そもそも、自分ひとりの身をさえちゃんと処することのできぬこのからだではね。……だが、いまの私はなんというか、鏡のように――凪のときのリリア湖のように澄んだ心持ちというか」

ナリスはつと、窓のほうをかるくあごでさししめしてみせた。もっとも、その窓には厚くカーテンがかかっていて、じっさいに窓の外のリリア湖が見えるわけではなかったのだが。

「そのうち、私が正しかったのだとすれば必ず私の後継者として、私の遺志をついでくれる者が出てくるだろう。そして、その者が中原を救ってくれるだろう――それがヤーンや、神々の目から見て正しいことであったとしたなら。それはスカールかもしれないし、グインかもしれない。またあるいは、ヴァレリウスその人かもしれないし、リンダかもしれない。まだ私の知らぬ人間かもしれない……だが、それも長い目でみればすべては正しいことであり、いいことであったことがわかるだろう。いまの私はそんな心境でいるんだよ、リギア」

「で、でも……」

「なんだかもう、こんな生きているんだか、死んでいるんだか、わからないような状態のままで、ずいぶんと長いこと生きてきてしまったという気がする。……だがそれもこれもたぶん、まだやることがあるという、ヤーンのおぼしめしだったのかもしれないし……だとしたらこのたびの奇襲でも、死ぬとは限らないし、だが死ななくてはならぬことになればためらわず死ねる——いまの私はそう思っているんだ。……とにかくキタイ王に古代機械の秘密を渡してはならない、そのことだけは、私のさいごのなすべきこととして肝に銘じてあるしね」

「ナリスさま……」

リギアは口ごもった。

「なあに、リギア」

「なんだか、なんだかその——ひどく……お変わりになられましたのね……ものの考えかたや……それにそのう、お話になりようまでも……」

「おかしい？　とまどってしまう？」

「そんなことはありません……でも、なんだか……」

(なんだか、本当に……本当に、それは……あなたが死期が近いことを自覚なさっているのかと思うと……もう、おのれが死ぬのだということをすっかり悟って受け入れて、そして超然となし得た人のような……なんだか、とても恐ろしくて、悲しくて、叫びだしたくなってしまう……)

「私」

リギアはあえぐようにいった。

「私が好きなようにしていいとおっしゃった。……どうするのもリギアの自由と。……でしたら、私が、もしもそう望めば、あなたのおそばで……さいごまで、あなたを支え、ちょっとでもあなたの最期を安らかなものにしてさしあげられるようにと私が願えば……それも許してくださるのですね。そうでしょう」

「いや、あなたには……生きながらえてほしいと思うし、それに……リンダのことも頼みたいとせつに思うんだけれども……」

「でも、私は……私にも、私の望みもあれば、私の考えもあるのですから」

「そうだったね、リギア」

ナリスは静かにいった。

「ほんとに、そのとおりだ。……リギア、その窓のカーテンをあけてくれないか」

「まぶしくはございませんの。お目には……」

「いいよ、もう、あまりひとにはいっていないが、どちらにせよ私の視力は、なきにひとしいくらいにまで落ちてしまっているのだ。……明るいほうがまだ多少は見える。カーテンをあけて、もう朝がきたのかどうか、私がわかるようにしておいてくれないか。次の朝を見ることはもうないのかもしれないのだから」

「は、はい」

リギアはよろめくように窓に寄って、びろうどの分厚いカーテンと、その下のうすいカーテンをひきあけた。

「窓もあけて、リギア」

「おかぜをお召しに……」

「大丈夫だよ、外の空気を流れこませて。もうこれまでずっと、風邪を引いてはいけないからと閉ざされた空間で生きてきたのだから、もう」

「……」

リギアは黙って窓をあけた。

「朝は近い？　リギア」

「ナリスさま」

窓から見える、ほのぼのと明けてゆくリリア湖の眺めに一瞬心を奪われたリギアは、はっとしてふりかえった。

「お目が、もう、そんなに……」

ことばをのんで、そして云う。

「はい、もうそろそろ……朝の光がリリア湖の湖水に届きます。……ああ、でも……あれは――ナリスさま、湖水のあちらの側に見えるのはどうやら軍勢のようです……あれは、たぶん迂回した部隊が湖岸にそってこちらへまわりこもうとしているのですわ。まだかなり距離はありますが……この窓からだと、マルガの町の側は見えませんけれど……」

リギアは耳をすました。まだ、何もきこえてこない。ただ、マルガの離宮のなかのざわめきやあわただしさがかすかに遠い潮騒のように伝わってくるばかりだ。

「ナリスさま」

リギアは寝台のもとに戻って、ささやいた。

「ディーンさまと、お会いになりませんの?」

「ディーン?」

ナリスはおどろいたように云った。

「ああ……そうか。ディーンもこの同じ屋根の下にいるのだったね……忘れていたよ。なんだかまるで、遠い昔……三人で仲良くマルガで育っていたころのようだね。ディーンはどこにいるの? どうして、一緒にこなかったの。あなたと」

「何回か、おすすめしたのですけれども、気後れしたからと……もうちょっと、心の準備が出来てからと――あちらで待っておいでなのですが……そのお気持ちはわからないでもありませんわ。私も――たったこれだけのあいだ、あなたから離れていて、それで戻ってこようと思っただけで、ひどく気後れしましたもの」

「わからないな、どうして、私などをそのように恐れたり――恐れるのではないかもしれないが、気ぶっせいに思ったりするのかが。……いまの私など、なにひとつ恐れる理由などない、ただの寝たきりの病人にすぎないじゃないの。……それでは、ディーンに、もし生きているうちに私と会うのならば、急いだほうがいいと伝えてくれないか。あすの朝がきたときに私が生きている可能性は、かなり低いかもしれない……それまでに、とりあえず、生きているままの私に会いたいと思ってきてくれたのだったら、いましかないと。戦闘のなかではなかなか語り合うのも難儀だろうし、それに――あれはもともと戦いは嫌いだったからね。できれば、あなたに連れて落ち延びてほしいと思うのだが」

「……わかりました」

リギアは悲しそうにいった。

「リンダさまにディーンさま。……いろいろな理由をつけてでも、あなたは私に、あなたのおそばで殉死することをお許しにならないおつもりなんですのね。わかりましたわ。

ディーンさまをお呼びして参ります」

「そうじゃないよ、リギア」

ナリスは苦笑した。

「いまの私には、あなたよりほかに、そういう後事を託せる相手がいないだけ。その意味では、いまここにあなたがいてくれるのは、とても嬉しいんだよ、リギア」

「なんとでも。……それでは、すぐにディーンさまをお呼びして参ります」

2

奇妙な、しんとした空気が、マルガの離宮を満たしていた。

人々が、じっとして、しずかに死と破滅を待っていた、というわけではない。マルガを守る兵士たちは、それぞれに決死の覚悟で、圧倒的な敵を前にして、いのちがけであるじを守り通すために、よろいのひもをかたく結び、剣の切れ味を確かめて、じっとかたまりあって出撃の命令を待っていた。うまやから引き出された馬たちが、興奮して低く高くいなないているのもきこえたし、また、小舟がいくつも、リリア湖に降りてゆく離宮の側の裏庭にひきあげられていたが、それがおろされ、いつでも舟が出せるように用意された。

マルガの離宮には驚くほどすみやかに、《イシュトヴァーン軍奇襲！》の知らせがゆきわたったのだった。そして、人々はあまり騒ぎ立てもせずにその知らせを受け入れ、そして、ひたすら、応戦の準備に忙しかった。

だがそれでも、マルガを満たしていたのは、奇妙なくらいにひそやかで、しんとしずかな、むしろ透明といっていいような空気であった。——あるいは、誰か、上のほうからそれを見下ろしているものがいたとしたら、それを、すでに全滅を覚悟したものたちだけがもつ静けさだ、といったかもしれぬ。

（ナリスさま）

ヴァレリウスからの心話がようやく届いてきたのは、リギアがいったんマリウスを連れに引き下がっていって少ししたときであった。

（ああ——ヴァレリウス。いまどこにいるの、サラミス？）

（サラミスに到着いたしました。……ただちにグイン王には事情をつげ、リンダ陛下の安全を守っていただくことと、さらに、マルガへの援軍を出していただくことをお願いしておりますが、私は……ただちに、そちらへ向かいます）

（ああ）

（これすべてが、仕組まれたことだとまでは思いませんが……やはり、キタイ王にしてやられたとは思わないわけには参りませんね）

（まあ、もういいよ。それをいったところで仕方がない）

（まったくです。ひとつだけ、ナリスさま）

（ああ）

（ひとつだけ、お約束を）

（何なの、ヴァレリウス）

（私はこれから《閉じた空間》ですぐにマルガに向かいます。あと数ザンもすれば、ひとりですからすぐ到着できましょう。そのかわり、ひとりですから私が到着したところでたいしたことはできません。……ひとつだけ、お約束して下さい。ゾルーガの指輪を……もしお用いになろうというご覚悟を決めておられるとしても……）

（……）

（私がマルガに到着する、それまでだけは……何があろうとお待ちいただきたいと。……できれば、ご一緒に……そうお約束しましたし——私のいないところでは、それだけは……）

（ああ）

ナリスはかすかにほほえんだ——それが、心話を通してヴァレリウスに見えるとは思わなかったが。

（わかったよ、ヴァレリウス。そうする）

（では、私はただちにそちらに向かいますから。くれぐれも、お約束をお忘れなく）

（わかっているよ。ヴァレリウス）

心話が切れたところに、カイが入ってきた。

「ナリスさま」

「ああ」

「マルガから第一報が入りました。……イシュトヴァーンのひきいるゴーラ軍、おそらくその数二万あまりが、マルガ市真北のはずれ、シラン街道とイラス街道のちょうどまんなかあたりに突然姿をあらわし、そこで旗指物をあげ、正体を明らかにしました。……ローリウス伯率いるカレニア騎士団が、マルガ市の北側に防衛線を張りに出発していますが、まだ到着しておりません。……マルガ市の北側の市民たちは武器をとって応戦に入るとマルガの市長よりの連絡がございました」

「市民たちもまきぞえにしてしまうことになるが……」

ナリスは一瞬暗い目になってつぶやいた。

「やむを得ない。せめて南側の市民たちには、極力女子供と老人、病人を避難させる時間があってくれるといいのだが」

「南側、離宮に近い側のものたちは、さいわい早めに伝達がゆきましたので、そろそろと避難をはじめておりますが……ランたちが護衛しております。しかし、北側にはまだほとんど伝令がいってなかったものと思います」

「あの音はなんだ」

ナリスはいった。

「私の錯覚か？　それとも聞こえるか？」

「きこえます。……何か大勢の人間が叫んでいるような……ときの声のようです」

「いよいよ、はじまったな」

ナリスはつぶやいた。

「カイ。前にお前に預けておいた、万一のときにはこれを開封するようにといくつか渡した書状があったね。あの箱を、持ってきてくれないか」

「かしこまりました」

「もう、書き漏らしたことはないと思うが、一応確かめて、それから……小姓組の一番若いものたちには、それを守らせて先に離宮を脱出させてほしい。ゆきさきはとりあえずサラミス、ばらばらに脱出すれば、このへんの地理にはたけているものたちだからなんとかなるだろう。……かたまらせないほうがいい。それをひきいてゆけとお前にいうのは無駄だろうね？」

「はい、ナリスさま。そのお役目はもうちょっと別のものに――わたくしは、ナリスさまのおそばにいさせていただきます」

「なんで、みんな、こう強情なのだろう」

一瞬、目をとざして、ナリスは微笑んだ。それから、うなづいた。

「では、それを持ってきて、それから、なるべく十五歳未満の子たちは全員集めてくれ。ローリウスは頑張ってくれるだろうが、防衛線が破れる前に――それに南岸からの部隊がマルガ離宮を封鎖する前に子供たちを落とさなくてはならない。もっと早くにしておけばよかったな。といってもほとんど時間はなかったんだが。急いでおくれ、カイ。ひとりでも、親を悲しませる子供が少なくてすむように」

「ディーンさま」

リギアは、あわただしく、あてがわれていた控えの間に飛び込んでいった。

「ディーンさま。ナリスさまがお召しです。いまはもう、ためらっているような時ではございませんよ……ディーンさま。あら」

室には、誰もいない。リギアは首をかしげた。

「どこか……手水でも、おいでなのかしら……」

ふと、リギアは机の上におかれた紙切れのようなものに気づいた。かけよって、それをとりあげる。

「すみません。やっぱりぼくはこのままではナリスに会う勇気がない。……サラミスにいってきます。グインともども、戻ってきて、ナリスに勝利をもたらした上であらためて対面したいと思います。ディーン」

走り書きの文字を、リギアは一瞬、奇妙な表情で見つめた。

「御自分からあらわれて、急いでマルガにゆかなくてはとあれほど私をせきたてたくせに」

リギアはつぶやいた。

「いざとなると、こんなことを。……いまからサラミスにたどりつけるものかどうか、また、いまからグインを連れて戻ってきたときに――ナリスさまがまだこの世においでになるかどうかだって、わかったものじゃないのに。ほんとに実際的じゃないおかた。そのへんは何も変わっていないってわけね」

「リギアさま。何かおっしゃいましたか」

小姓があわてて首を出した。リギアは首をふった。

「何にも。それよりも、私のよろいかぶとと剣、それに長靴を持ってきてくれないかしら。ええと、まだ、もとどおりにしてあるのなら、離宮の衣裳室にあるはずだわ。まあこの傭兵のよろいのままでも戦えなくはないけれども……ああ、でも、とにかく剣だけはまともなものにしないと。衣裳室にいってリギア聖騎士伯のよろいかぶと一式という前に、剣だけ、誰か騎士の予備を借りてきてくれないかしら」

「かしこまりました」

あわてて小姓が駈けだしてゆく。

「私はここで育ったんだわ。ルナン父上とともに、ナリスさまと、そして十歳のときからはディーンさまもご一緒に」

ふっと、吐息をもらして、リギアはつぶやいた。

「なんだか……ナリスさまがおっしゃっていたけれど……何もかも夢のようだわ。……そのマルガがいま敵に包囲されている。踏みにじられようとする。……これまでどんないくさのときにも、マルガは静かだったはずなのに。……黒竜戦役のときにもナリスさまをとりあえずマルガにお逃がししようとヴァレリウスとともに下ってきたし……そのもっと前、あのアルシス－アル・リース内乱のときだって、アルシス殿下はさいごはマルガにこもって……そこで降伏を決意されたときいている。……ダーナムから逃れてきたときだって、マルガにゆけば、マルガにつけば――それればかり考えていたわ。そのマルガが……」

「リギアさま」

小姓が駆け戻ってきた。

「とりあえず、この剣をお使い下さいとのことでした。ではよろいかぶとをとってまいります」

「すまないわね」

リギアはおのれの腰の剣帯に、ずしりと頼もしい剣をつるした。傭兵用の剣をぬいて卓の上に投げ出し、何回か剣を抜いたり、戻したりしてみて使いごこちを確かめる。

（マリンカは無事に戻れたのかしら。考えてみたら、いくさにまきこまれるのだったら、

あのままあそこではなしてやってしまったほうがよかったかもしれない。――でもそれではマリンカが寂しがるかしら）

（そうだ、ナリスさまには……なんと申し上げたものだろう。ディーンさまも本当に面倒くさいことをなさるわ……そんなくらいなら、いっそ最初から、マルガ離宮にお入りになりさえしなければ、ナリスさまにだって、私もディーンさまが一緒だなんてことを申し上げずにすんだのに。……申し上げてしまったから、こんどは、ディーンさまがまた行ってしまわれた、っていうことを申し上げなくてはならなくなる……ああ、でももうきっとナリスさまは、そういうことも何も気にはなさらないかもしれない……）

（なんだか……さっきのナリスさま……これまで見たあのかたのなかで、一番静かで――一番透徹していて……だからこそ、一番怖いような気がした……）

（あれが《死》を覚悟して受け入れるつもりになった人間の強さなのだとしたら……）

わあっ、わあっ――

かすかな、どよめきのようなものが遠くから聞こえてくる気がして、はっとリギアは顔をあげた。

「リギア閣下」

小姓が駆け込んでくる。

「敵襲です！　マルガ離宮の南側に、ゴーラ軍とおぼしい部隊のすがたがあらわれました！」

「来たのね。思ったより早かったこと」

リギアはうなづいた。

「わかった。ではもうよろいかぶとはいいわ。……聖騎士団はどこに集結しているの」

「離宮の西側のうまや前に大体の部隊がおります。カレニア騎士団は出動、クリスタル義勇軍は市民の護衛にやはりマルガ市のほうへ出動しました」

「わかったわ。私もとりあえず聖騎士団と合流するわ。ついてきて」

リギアはがちゃがちゃと剣を鳴らして走り出した。なんとなく、こんなことが、以前にもあったようなかすかな記憶の錯覚がリギアをとらえた。

（あれは……もしかして黒竜戦役のまぼろしだろうか。美しいクリスタル・パレスに野蛮なモンゴール兵が攻め入り——あのときには寝込みを襲われた人々は応戦どころではなく、ひたすら驚愕し、なにごとがおこったかもわからぬままに駆け回り、逃げまどい……切り倒され……）

（あたしは、おのれの部隊とひきはなされ、ひたすらナリスさまを守りたいままに、女の服に身をやつしてものかげにひそんでいた……）

あれは、何年の昔になるのだろう。

おそろしく昔のことのような気もすれば、また、たった昨日かおとといくらいの近い過去のような気もする。

あのときにも、宮殿が包囲され、わあわあとあらけない軍勢の叫び声とどよめきがおこり、そして火の手があがり——悲鳴と泣き叫ぶ声と、助けを求める女たちの絶叫がひびきわたり、そして不吉な黒い影がクリスタルの都を蹂躙したのだった。

リギアはもう、しかし何も考えなかった。考えることをおのれに禁じようと思った。そのまま聖騎士団の面々と合流すべく、廊下を駆けだしてゆく。ようやくリリア湖は明けはじめ、あたりから夜闇が去ってゆこうとしている。

「リギアっ」

老ダルカンがうまやの前の広場でリギアを迎えた。

「あなたがいてくれれば心強い」

「私はここで、ご一緒に戦わせていただきます」

リギアはダルカンの手を握り締めた。

「で、ナリスさまのご警護は、誰が？」

「カイが指揮をして、とりあえず小姓組と近習組全員が奥まわりを固めております。その外側を、リーズ聖騎士伯の軍勢が守っておりますが、何分、狭い場所ですので」

騎士のひとりが答える。リギアはうなづいた。

「ここは、戦うための場所ではありませんから、守りにはとても弱いですわ。ダルカン老、ナリスさまは、情勢不利となれば、古代機械の秘密を守るため、自害してでもとお考えです。……ともかく、主宮殿に敵を近づけますまい。主宮殿に火の粉がかかってくる状態になると、ナリスさまはきっと」

「陛下がおいでにならなくては、神聖パロもへちまもあったものではない」

ダルカンはくちびるをかんだ。

「ともかく、まずはわしが出動する。ワリスと一緒に防衛線を固めて、とにかくゴーラ軍を離宮に近づけぬようにお願いしたい、リギア」

「やってみますわ」

「ナリスさまには、本当は、落ち延びていただきたいんだが」

ワリスは心配そうにいう。

「だが、そういったところで……お聞き届けになるかたではないから……とにかく、我我の力でなんとか敵を撃退する以外ない。……リギア、まずは、聖騎士団二個大隊をお預けするから、指揮をお願いします。残りの二個大隊を私がひきいてともあれ南門を死守しますから」

「ええ」

「では、ひと足お先に。ダルカン隊、出動」

老ダルカンのしわがれた叱咤とともに、ダルカンに率いられた聖騎士団がいっせいにムチをあげる。マルガ市側ならばまだしも、離宮の南側は、もう直接湖に面しているゆるやかな丘のようになっていて、そこに何本かの階段と通路が通じて船つき場に降りるようになっているだけだ。そして、湖岸にそって細い小道がまわっていて、離宮のまわりをちょっと離れるともう、そこは、あまり人家もない、ひっそりと静かな森のなかでしかない。

迂回してきたゴーラの奇襲部隊は、その森のなかから湖岸に出て、そしてまわりこんで離宮に攻め入ってくるつもりだろう。だがそのあたりは戦うにも、防衛線などといってもあまりにも足場が悪い。ダルカンはとりあえず、その丘の上でゴーラの部隊を迎えうつつもりらしい。

すべてが異様なほどに切迫した局面を迎えていた。すでにゴーラ軍は、奇襲があらかじめ何者かによって予知されたことはわかっているようだ。

だが、そんなことを特に気にとめているようでもない。というよりも、知られていようといまいと、どのみちマルガの兵力で、かれらの猛攻をどう防ぎようもあるまいとたかをくっているのかもしれぬ。

（いかにマルガが手薄だったとはいえ……）

いかにまた、三万のゴーラ軍が勇猛だとはいえ。

もしも、正面きって、ダーナムから攻め下ってきたのであれば、いくらなんでも神聖パロ軍とてももうちょっとは、まともな応戦が出来たであろう。最初にイシュトヴァーン軍がマルガめざして南下してきたときには、そちらからも完全に「お味方をしたい」という書状がまず先についてのちの行動であったし、そののちにも、すべてイシュトヴァーンはあくまでもナリスの味方、としてのみ動いていたはずだ。それに対してナリスのほうから、「いまゴーラ軍に味方されては、ケイロニア軍、スカール軍とまずくなるから」という理由でその参戦に許可をあたえるのをひきのばし、そして、出来れば平和裡にゴーラにひきとってもらおう、と考えていたのである。

その、ずっと味方として行動しようとしていると信じてきたゴーラ軍が、やにわに敵にまわって、しかもこれほどマルガの近くに突然出現して襲いかかってくる——ということを、さしも用心深いはずのナリスもヴァレリウスも、予想はつかなかった。ついていれば、ゴーラ軍がここまで近づいているこの時期に、ヴァレリウスがサラミスにむかってマルガをあけることはありえなかっただろう。

「ナリスさまッ」

寝室に入ってきたのはヨナであった。

「ああ、ヨナ。情勢はどう」

「マルガ市北郊外、星の森付近で戦闘が開始されています。ローリウス伯率いるカレニア騎士団二千と、ゴーラ軍の先鋒四個大隊とが正面衝突がはじまっています。——さきほど戦闘がはじまったばかりですが、やはりかなり手強いようです」

「これまでとは、かなり違うようす？」

「というか……ローリウス伯から、援軍の要請がきています。……いかがしましょう、ローリウス伯も、是非にという要請ではなく、もしもここで食い止めるつもりなら全軍割けるかぎりをここに投入するしかあるまい、という使者なのですが——ああ、むろん南からの部隊にあてるものは別としてです」

「だがもう、この上割ける兵力というと……」

「ランの義勇軍を、市民の援護から離れさせて、ローリウス伯と合流させるくらいしか無理でしょう。それもあまり意味がないと私は考えますが」

ヨナはくちびるをかんだ。

「イシュトヴァーンを説得するのに出立してなくて、よかったのか、悪かったのか。……いまからではもうたぶん、説得は無駄でしょうね……」

「そのことはもう考えないほうがいい。それに、そもそも、相手は、マルガを殲滅するつもりでいるのだろう」

「はい、それは——すさまじい猛攻だとローリウス伯の伝令から報告がありました。——お待ち下さい、あらたな伝令らしい」

ヨナはいそいで扉をあけにいった。駆け込んできた伝令班の騎士が、くずれるようにして膝をついた。

「ナリスさま。ローリウス伯からのご報告です。防衛線が破られました」

「おお」

ナリスは短く云った。そのまま、ヨナと顔を見合わせる。

「戦闘がはじまってから、どのくらいたった？　ヨナ」

「まだ、半ザン。半ザンもたってはおりません」

「半ザン。それだけももたない、か。それほどに、力が違うわけだね、ゴーラ兵と……我々では」

ナリスはかすかに苦笑した。

「もともと違うだろうとは思っていたが……いかに人数が十倍とはいえ、あちらもまだ全軍が動いているわけではないようだというのに。……それにしてもあまりにあっけない。……しかもカレニア兵はわが軍のなかでは一番勇猛であったはずだ。……カレニア軍に守れないのなら、もうあとは……」

「ナリスさま」

ふたたび駆け入ってきたのは、ローリウスが連絡のために残してあった副官のジェイド中隊長であった。

「マルガ市中に火の手が上がっております。……どうやらゴーラ軍は、ローリウス伯の防衛線を力づくで突破し、マルガ市内に入り、手当たりしだいに火をかけているようです。……私も、残る部隊をひきいて、出動してよろしくありましょうか？　それとも、ご門前でのさいごの防衛線の警備を強化するのに参加いたしたほうがよろしくありましょうか？」

「市民たちを守ってやってくれ、ジェイド」

ナリスは云った。

「離宮をいかに固めたところで……どちらにせよ南側からの兵もきている。いいよ、行きなさい。ローリウスに援軍をしてやってくれ」

「かしこまりました！　アル・ジェニウス」

中隊長は剣をとり、一瞬、剣を胸におしあてて、剣の誓いに準ずる動作をした。それからそのまま駈けだしていった。

離宮のなかはひどくあわただしくなっている。だが、奇襲をかけられた宮殿らしく、女性たちの悲鳴があがったり、泣き叫びながらかけまわるような騒動がおこるようすはない。あくまでも、マルガの離宮はひっそりとしている。

「ここにいれば、なんだか、とても静かでさえあるね、カイ」

ナリスはひっそりといった。

「はい、ナリスさま」

「子供たちは無事に落ち延びられたかな。なんとか間に合っているといいのだが」

「さきほど、もう南と西側は危ないということですし……北側もいつゴーラ軍が市中からこちらに攻め込んでくるかわからないので、とにかく東側から逃がしました。合計で三十人ほどですが、ちりぢりに逃がしたので、何人かはなんとか落ち延びるとは思いますが……」

「女の人たちは？」

「女たちは、最初にナリスさまが落としておやりになった老女たち以外は、みな、戦うかまえで、奥殿の周囲を固めております」

「健気なことを」

ナリスはつぶやいた。

「罪作りなのは私だな。私さえいなければかれらももっと安心して逃げられるのだろうに――あれは何だ」

3

ナリスがそういったのは——

いきなり、窓の外にひろがるリリア湖のほうに上がった、かなり背の高いオレンジ色の炎であった。

「ちょっと見て参ります」

カイは駈けだした。それから、すぐに駆け戻ってきた。

「ナリスさま。南岸の敵が、湖岸の舟小屋と、そのとなりのお休み場に火をかけました。……ナリスさまや貴族のかたたちが舟を出すさいにお入りになるあの建物です。……そのまま、敵が南側から入り込もうとしているようです。ダルカンどのほかが応戦しています」

「いよいよ迫ってきたね」

ナリスの声はなおも静かであった。

「命旦夕に迫るというのは、こういうことかな。……もどかしいね、せめて自分の手でひと太刀でもいいからむくいたい」

「失礼して、私も剣を帯びて参りますので」

カイが出ていった。戻ってきたときには、胴丸をつけ、腰に剣をつるした、見慣れぬすがたになっていた。

「このような不調法なすがたをお目にかけて、申し訳ございませんが」

「似合うよ、カイ。だが、お前にまで、そんな姿をさせてすまないね」

「ナリスさまっ！」

ふたたび、伝令が駆け込んでくる。

「ローリウス伯爵、戦死なさいました！　マルガ市中はゴーラ軍の手に落ちました。ゴーラ軍は、マルガのおもだった建物に火をかけ、中から逃げ出してくる市民たちをとらえて切り倒し、財物を掠奪しております！」

「ゴーラ兵は比較的掠奪しないときかされていたが」

ナリスはぎりっとくちびるをかみしめてつぶやいた。

「キタイの風《ふう》が入ってくるとそれもおかしくなるのか。……それとも、これまではおさえていた本性をここにきて出したということか！」

「ナリスさま……」

カイがささやくようにいった。

「なに、カイ」

「一度だけ……一度だけお願いさせて下さいませ。ナリスさまのお心がさだまっているものを、このように騒ぎ立てまいとずっと我慢しておりましたが……お逃げ下さい。なんとか……いまならばまだ、なんとか東側から落ちられます。さきほど、ダルカン様がたからも伝令がありました。こちらも長くもたない、ナリスさまを、極力、お逃がしするわけにはゆかないかと。……カイがお供いたしますから……この分では、もう、一日どころか、マルガは半日もちません。どうか、お願いです、ナリスさま。ご一緒に……逃げて下さい」

「このからだで?」

ほろにがく笑って、ナリスはいった。

「車椅子で? それとも、寝台から、かかえあげて? 無駄だよ、カイ。これが私の――クリスタル大公、カレニア王、そして神聖パロ初代聖王アルド・ナリスの一期となるのだ。逃げたいのだったら、お逃げ、カイ。そして、私の一生について、一番よく知っているお前から、皆に伝えてくれたらいい」

「何をおおせになりますか」

カイは一瞬、激情にかられたように拳を握り締めたが、それから、それをほどいて、あきらめたように苦笑した。

「いっても詮無いことを申し上げてしまいました。でも、なんとか……ナリスさまに、生き延びていただきたかったので。……では、及ばずながら、この寝室はカイがお守りいたします」

「まだ、ゾルーガの指輪は使わないよ。カイ」

ナリスは不思議な微笑をうかべた。

「ヴァレリウスと、約束したのだ。自分が帰りつくまで、それまでだけ待ってくれ、と。……だから、それは心配しなくていい。……とらわれたところで、たぶんそれは取り上げられはすまいからね。……私はいつでもかれらを出し抜いてやれる。その安心感がなければ、ローリウスの死をきいたところでもう——たぶん——」

「……………」

主従は一瞬、こうべを垂れた。忠実なカレニア伯の戦死は、いよいよ、マルガの運命がさだまったことを意味していた。

「アル・ジェニウスッ！」

悲鳴のような声をあげて、小姓が駆け込んでくる。

「マルガが燃えています！　ああ、ナリスさま、マルガが炎上しています！」

「………！」

カイは、窓にとびついた。

が、こちら側の窓からでは、マルガ市中は見えなかった。

「見て参ります」

ナリスに会釈して、カイが走り出す。リギアが駆け込んできた。すでに髪を乱し、抜き身の剣をひっさげて、その剣には血がついていた。それをあわてて鞘におさめて、激しく肩で息をする。

「ナリスさま、南側からの敵はまだ様子を見ているようです。ちょっと、こぜりあいがありましたけれど、まだそこまでは総攻撃にかかってこようとしておりません、いまならばなんとかなります。ナリスさま、お願いです。脱出なさって下さい」

「もう、それはしない、と云っただろう、リギア」

ナリスはいくぶん声を強めた。——といっても、その喉で可能な限り、ではあったが。

「それに、たぶん、その南側の敵のようすは、誘いの罠だよ。……それにのって、私が脱出しようとするところをとらえようと、おそらく東側にも兵が伏せてあるはずだ。そのへんは、イシュトヴァーンのやることだ、そのくらいするだろうと私も思っているよ。私はもう、ここから動かない」

「で、でも」

「マルガ市内が炎上している」

ナリスは激しくいった。リギアははっと息をのんだ。

「ここは私にとってはさいごの聖地だった。……マルガに火をかけられて、もう、私には落ちてゆくさきはない。リギア聖騎士伯」

「は、はいッ」

「持ち場に戻ってくれ。ダルカンとワリスを補佐して、南岸の敵をふせいで。できれば、私に時間をくれ。もうほんのちょっとだけでいい」

「か……か——かしこまりました」

リギアはなんともいえない目でナリスを見つめた。それから、また、剣を顔の前にかざして敬礼すると、そのまま室を走り出ていった。

「アル・ジェニウス！　ご報告です。マルガ市中で、義勇軍、そしてカレニア騎士団、マール公騎士団と、ゴーラ軍の激突がはじまっております！　わが軍は圧倒的に不利であります！」

「アル・ジェニウス！　ゴーラ軍の伝令が、マルガに降伏を呼びかけております！」

次々と伝令と報告とが入ってくる。

「アル・ジェニウス！」

あらたな報告が、ナリスの落ち着いた顔をおもわず悲痛にゆがませた。

「市民たちが、ありあわせの武器をとり、なんとかわが軍にお味方し、アル・ジェニウスをお守りするのだと叫びながら、マルガ離宮正門前に集結しようとしております！　ラン長官が、危険だから下がれと呼びかけておりますが、男女とわず、マルガ市民たちはアル・ジェニウスをお守りしろと叫び続けて、ひくまいとしております」

「私などのために……」

一瞬、ナリスはおもてをふせた。それから、思い切ったように、カイを見上げた。

「カイ。すまないが、この寝室のもうひとつ外に、当直の騎士たちと小姓たちとで、司令本部を作って……そこで報告を受けるようにさせてくれないか。その報告は……ディランとロルカに受けてもらってくれ。私はここで……ちょっと、さいごの書き物をしたい」

「かしこまりました」

即座にカイはうなづいて、寝室にナリスを一人だけ残して出てゆくようにさせた。何を書きたいのか、おおよその察しはついたのだ。

「わたくしが、筆記させていただくのでよろしゅうございましょうか」

「いいよ、カイ。いつものとおりに」

「では……もう、表はディランどのとロルカどのが指揮しておりますので、ここには当分誰も入ってまいりません」

「いずれにせよあまり時間がない。急がなくてはいけない」

ナリスはつぶやくようにいった。そして目をとじて、じっと何か考えるようすだった。

「二通、いや、三通、文書を作ってほしい。一通は……リンダあてに。もう一通はケイロニア王グインあてに。そしてもう一通は……」

「はい……」

「さいごのものには、あてさきはなくていい。……それをさいごにしよう。まずは、では、グインあてのものからはじめるから……よろしく頼むよ、カイ」

「はい」

「すぐ、終わらせるからね。……皆をあまり、不安がらせてはいけないし――これだけ追いつめられてもなお、私はまだ、神聖パロの聖王なのだから」

「はい……」

＊

ナリスが、そのようにして、さいごの手紙をしたためはじめたころ――

マルガの市中は、すでに、この美しい静かな湖畔の保養地、地上の楽園、中原の天国とまで呼ばれた町がいまだかつて、歴史上にさえひとたびも出会ったことのない、無残きわまりない凌辱に蹂躙されつつあった。

巨大な馬に乗った屈強の兵士たちの一団が、すさまじい勢いで、よく舗装された美しいマルガの街路をかけぬけてゆく。あちこちの家々から火の手があがっていた——湖岸にそって、森のなかに広い敷地をとり、美しい庭園を造って、貴族たちの保養所、別荘、別邸がたちならんでいるのがマルガの特徴である。また、マルガでは、美しい眺めを維持するために、白亜の、それも様式のいくつか限られた建物しか湖畔にも、町中にも建ててはいけない、という決まりにされていたので、この町には、貧民窟もないし、また小さな庶民たちの家々はみな、もっと湖岸を西や東にいったあたりにある。マルガの市中は、リリア湖からはちょっと離れ、市のまんなかを抜けているマルガ街道ぞいの一画を繁華街として、その左右にひろがっているが、これもまた、聖王家の保養地、マルガをこよなく愛した幾多の帝王たちの配慮によって、マルガ市のたたずまいそのものも、地方都市とは言い難いほど、あかぬけて、美しい、洗練されたものである。壁は白亜、屋根のかたちもこれこれと決められ、様式が統一されているというだけでも充分に、ほかの都市には見られないような美しさが、マルガの市中に漂っているのだ。

その、マルガは、燃えていた。

泣き叫びながら家々から駈けだしてきて、市街を夢中で逃げてゆこうとする子供をつれた女たち、老人たち——そして、なんとか、寝間着姿のまま棒やありあう武器を手にしてその家族や市民たちを守ろうとする男たち。

寝込みを襲われた、とはいっても、あらかじめ、ランの義勇軍からの知らせも多少はゆきわたっていたし、それになんといってもいまが戦時中である、ということ——二つに分裂してしまったパロの、謀反をおこした側の本拠地であるという覚悟は、マルガの市民たちには最初から出来ている。それがあったからこそ、喜んで、自らそれがこういう危険をもはらむことを知りつつ、ナリスをマルガに迎え入れたのだ。マルガ市民、このあたりの住民にはつねに、「カレニア王」「マルガ伯爵」でもあるナリスを自らの唯一のまことの支配者として支持し、崇拝し、敬愛する土壌があったし、それに、長いことマルガで病を養い、そしてマルガからクリスタルへ戻って旗揚げを実行し、ふたたび長い艱難辛苦の末にマルガに戻ってきたアルド・ナリスを、「自分たちの手で守るのだ」という意志は、マルガの人びと、カレニアのものたちには一番強かったのだ。

だが、女子供にはさすがにその気概はない——いや、よしんばあったとしても、目のまえに敵があらわれ、剣をふりあげれば、ただ泣き叫び、逃げまどう以外にない。その、逃げまどう子供たち、子供をかばおうと半狂乱に抱きしめている母親たちの上に、容赦なく剣が振り下ろされる。ゴーラ軍としても、いつにないほどに、残虐な、そして凄惨な行動であった。

「イシュトヴァーン陛下」

馬をとばして、イシュトヴァーンのかたわらに駆け戻ってきたマルコが、あたりの凄惨さに眉をよせながらいう。

「もう、掠奪は終わりにさせてもよろしいのでは。……かえって、この上の掠奪は、市民たちを必死にさせ、決死の覚悟を強めさせるだけではないかと存じますが……」

「ずっと、そのうち、うさばらしをさせてやると約束してきたからな」

イシュトヴァーンは、掠奪にも、殺戮にも加わっていない。馬上に、手綱をひかえて、面白くもなさそうに、青白い顔でじっとあたりを見回しているだけだ。

イシュトヴァーンのまわりだけ、妙にがらんとあいているような印象があった。あえて、そのそばに寄ってゆくのを、味方でさえもが、いやがっている、恐れている、というような印象がだ。

「だがまあ、きゃつらが腹いっぱいになったというのなら、いつまでもこんな雑魚どもにかかわりあっていることはねえ。目指すは、マルガ離宮、目的はアルド・ナリスただ一人だ。……防衛線はもう完全にぶち破れたな」

「あちらの防衛はもう、四分の一ザン程度で叩きつぶしました。……まあこちらにも、被害が出なかったわけではありませんが、なにしろ相手は必死で反撃してきましたから……しかし、全軍の半分も動かしてはいない状態ですから……しかし……」

マルコは、ちょっとためらいながらイシュトヴァーンを見た。いったん、マルガへ使者として向かったマルコは、そののち伝令に呼び戻され、マルガ奇襲に合流していたのだったが——

(どうして……なんですか、イシュト……？)

本当は、そのように、問いたい気持が、胸のなかいっぱいにふくれあがっている。だが、それを口にすることが恐しい――というのが、いまの、ゴーラ軍将兵すべての正直な気持であったかもしれぬ。

(なんで……)

(なんで突然、マルガを……)

(俺たちは、マルガの味方をするために来たんじゃなかったんだっけか……)

その疑問には、イシュトヴァーンは、出陣――マルガ奇襲、という胸の内を打ち明けるときに、「もう、我慢できねえ。堪忍袋の緒が切れたんだ。馬鹿にするにもほどがある、こちらから辞を低うして、お味方させていただきたいと、三万もの軍勢をわざわざこんなところまで持ってきてやったというのに、いつまでもへらへらとしのぎやがって、無駄足を踏ませて揚句に密書ひとつで追い払えると思ったら大間違いだってところを見せてやるんだ」という咆哮で答えたのだった。イシュトヴァーンをおそれているゴーラ兵たちは、とりあえず、その命令に応じて、マルガ奇襲の作戦に従ったが、美しく純白なマルガを見るにつけ、マルガの市民たちの頭上に剣をうちおろしながらも、(本当にこれでいいんだろうか……？)という一抹の疑問、すっきりしない思いは拭いきれないでいる。何よりも、とにかく自分たちは、マルガに味方するために国表を出たのではなかったか？　という思いが、どうしても去らないのだ。

だが、その疑問を直接口に出せるものはいない。……それほどに、みな、イシュトヴァーンを恐れているし、それに、もしも彼でさえなければ、その急激な変心、百八十度正反対の決意と行動開始をいぶかしくも思ったかもしれないが、イシュトヴァーンはもともとが、そのようにおそるべき気まぐれによって行動する人間、と皆に思われている。そして、それが実はさほどの気まぐれでもなくて、本当は予定の行動としての成果をおさめることも多く、その結果こうして、残虐王、殺人王の名をほしいままにしつつ、中原にのしあがってきたのだ、という印象も、皆のなかにある。

（もしかしたら、イシュトヴァーンさまは……最初から、このおつもりで……）

（でも、そういうと、マルガに近づけないから、マルガの味方をするという名目で……まさか……）

（いや、だがありうるぞ……なにしろイシュトヴァーンさまだからな……あのアルセイスでも——トーラスでも……）

（このかたは、殺人が好きなんだ。裏切りと流血と……虐殺が好きなんだ。好きで、好きでたまらないんだ……）

（美しい白いマルガを踏みにじるために、本当は、これまでずっとマルガの味方のふりをして……）

口には出せぬながら、馬上のイシュトヴァーンを見上げる兵たちの目は、ひそかにそんな疑惑とつのりゆく恐怖を物語っている。

マルコは、思わず深い溜息を洩らした。イシュトヴァーンがそのような目で見られはじめていることも、マルコにはわかっているし、それを、といってどうすることもできなかった。

（それに、マルガは……）

イシュトヴァーンが、まさに、クムに部隊をおきざりにして、単身ナリスと秘密会談をするべく、マルガに潜入したとき、ただひとりの供回りとして同行したのはマルコである。

そのときの記憶はむろんいまだにマルコのなかに新しいし、美しく洗練されたマルガの市街のようす、親切で優美なマルガの人々、そして、直接に目のまえで見た魔道の不思議の数々や、アルド・ナリス、という不思議な存在の神秘なまでの様々な表情もまた、マルコだけはしっかりと記憶に刻んでいる。

そのマルガをいま、おのれの剣と足とで踏みにじっている——それは、なんともいいようのない、異様な感じをマルコに起こさせた。

「陛下ッ」

伝令が駆け寄ってくる。

「マルガ市北部及び東部はほぼ制圧いたしました。……また、ご命令のとおり抵抗する市民はすべて切り捨てました」

「ああ」

「マルガ防衛軍は防衛線をひき退き、さらにマルガ市内を見捨てて、南へ移動し、さいごの防衛を試みるようすであります」

「どのあたりにたまってるんだ、奴等は」

はじめて、イシュトヴァーンが口をきいた。騎士はびくっとした。

「はい、リリア湖岸の、マルガ離宮の周辺に、市中を捨てた市民たちと、そして防衛線を退いたマルガ軍の全部が集結しております。マルガ離宮をさいごの砦として死守しようとするものと見受けられます」

「健気らしい」

ぺっと、イシュトヴァーンは、馬上から、地面に唾を吐いた。

「おい。もうそろそろじゃあ掠奪はやめさせとけ。それから、じゃあ、このあとは、うろちょろしてる奴は、男は切り倒し——抵抗しないで降伏してくる奴と、女子供は、つかまえて捕虜にしとけ。あまり皆殺しにすると、またなんだかんだ、やかましく云う奴がいるからな」

（まるで……まるで、正規の軍隊というより、野盗だな……）

マルコは、仄かな、だが押さえがたい嫌悪を覚えた。それに、おのれが属している、ということ自体にだ。だが、じろりとイシュトヴァーンの目がおのれを見返ったので、その嫌悪までも見抜かれたように感じて身をすくめた。

「よし、では、いったん整列し直せ。いよいよマルガ入城だ――入城ってほど、でけえ城ってわけじゃねえがな。全員は入れねえだろう。貴族の別荘がかなり湖岸にあるらしい。あれを使って、ねぐらにしたらいいだろう。ともかく今夜までにはマルガは落ちるだろう。簡単な仕事だな――昼飯の前には終わっちまう」

「は……」

伝令が走り出してゆく。奇妙な落ち着かない表情でじっとそれを見送っているイシュトヴァーンを、（なんだか、まるで、心がここにあらずというようだ……）と、マルコはなんとなく、これまた奇妙な気分で考えていた。

（なんとなく……むろん前から、いろいろと問題のある人ではあるけれども――なんだかまたちょっと、ようすが変わったな……）

スカールとの戦いで、頰に傷を負ったのが、まだ直っていない。もう、包帯はとって、はりつけてある布だけになっているが、そのひっつれが端正な顔に影響を与えているから、いっそうゆがんだ、けわしい顔に見えるようになったのか。だが、その暗いまなざしのなかには、なんとなく、マルコにはうまく説明できないのだが、これまでとはまったく異なる何かがあるような気がしてしかたないのだ。

（何なんだろう……この……違和感は……）

自分自身にも、納得のゆくような説明は見つけられないままに、ずっとこのところ、一番近くにいたマルコだけは、奇妙な、ちょっとした――だがひどく奥の深いイシュトヴァーンの変化を、感じ取っている。というよりも、感じ取らされている。そして、その変化は、これまでのどれよりも、さらにマルコを不安にするものであった。

（何だろう、何がおこったというんだろう……）

スカールとの激烈な戦闘までは、むしろいくぶん落ち着いていた時期だったと思う。はたからは、死体を切り裂く殺人鬼――ともうつる所業も、マルコにはちゃんと説明するから、疑惑を持って、それがゾンビーかどうか確認しようとしただけのことだとか、それなりにマルコには納得がいっている。むしろ、それで、（ちゃんと一生懸命にやっているのに、言葉が足りないので誤解されてしまう、気の毒な面のある……）人なのだ、とマルコのほうは、かげになりひなたになり、イシュトヴァーンを庇ってやってきたつもりだ。

だが、今回の変容は、何かが微妙に違っている感じがする。何がどうとは云えない。だが、（妙に――非人間的なような……）という、不安が、マルコのうちにある。

（まあ……考えすぎか……それにいつも気まぐれな人だから……またそのうち、ころっと変わるかもしれないけれども……)

ナリスへのイシュトヴァーンの傾倒ぶり、そして、ナリスの味方をしようという最初の意図――

それを一番よく知っているのもマルコであるだけに、マルコはこの、マルガ攻めがかなり不安であった。だが、言い出したら何をいっても無駄だ、ということもまた、マルコが一番よく知っている。

(とにかく、最初からこうなるだろうと考えていた、っていうことだけは絶対にないと思うんだが……)

「陛下」

また、報告がやってくる。

「南岸のヤン・イン部隊は、陛下よりの出動命令を待っていったん動きを停止しております。――およそ二、三千の部隊が、離宮から出て、ヤン・イン部隊を阻止すべく陣を張っているということであります」

「マルガ市中を脱出した市民たち、そして離宮から出てきた守備隊およそ三、四千が、マルガ離宮の正門前に蝟集して、離宮を守るかまえであります」

「市民はどのくらいの数だ？　武装は？」

イシュトヴァーンはきいた。

「男女含めてその数約三千というところでしょうか。武器はみな、ありあわせの棒や剣、また包丁や鎌、ナタや漁師の使う魚切り刀のようなものを持っているだけであります」

「なるほどな」

イシュトヴァーンはうなづいた。

「よし。前進。――かけた火はそのまま放っておけ。離宮に向かうぞ」

4

「全軍、前進！」

号令が下される。

掠奪にうち興じて、理性を失っているかに見えたが、じっさいには、ゴーラ軍は、そこまでは血に狂ってはいなかった。また、ありていにいって、カレニア軍はゴーラ軍にとっては、全力をふりしぼって戦うまでもない、ごくたやすい相手であった。確かにカレニア兵は、パロ兵のなかでは圧倒的に勇敢でもあれば、命知らずの忠誠心の強い軍隊として知られてもいたが、人数も違いすぎる上に、それにカレニア兵は、ゴーラ軍のように、団体で戦闘をする訓練をきっちりと受けた精鋭部隊ではない。衛兵として、カリナエを守り、またナリスを守るように指令を受けている部隊である。それに、連戦をかさねて、やはりかなり疲れてもいるし、いたでも受けていた。その上に、カレニア伯として自分たちを長年率いてきたローリウス伯が目の前で、ゴーラの矢に射抜かれて落馬し、息絶えるのを見たことは、忠誠なカレニア騎士団にとってはあまりに大きな悲嘆であり、痛撃であった。

その悲嘆にくれながら、なおも副官たちはカレニア軍をとりまとめて、離宮の正門前までひき退いた――そこには、すでに、「ナリスさまを守れ！」「聖王さまを守るんだ！」という絶望的な叫びをあげながら、マルガの市民たち、義勇軍の兵士たちが集結していた。

かれらの防衛線が破れれば、マルガは陥ちる。

そうなれば、これまでの、反乱にかけてきたすべての願いも執念も妄執も夢もついえるのだ。いまや土壇場まで追いつめられて、マルガの市民たちも、カレニア兵たちも――そしてまた、はるばるクリスタル以来、つねにナリスを守り、ナリスだけを信じてつき従ってきたクリスタル義勇軍の学生たち、市民たちも、悲愴な、悲痛なさいごの闘志――たとえ全滅しても、アル・ジェニウスだけは守り通すのだ、という悲願にこりかたまっていた。

「おお――」

ざっ、ざっと荒々しい足音をマルガの白い石畳にひびかせて、ゴーラ兵たちを整列させたあと。

一騎、ゆったりとそのあいだからあらわれたイシュトヴァーンは、目の前の光景をみて、険悪に目を細めた。

マルガの離宮の正門を入ったところは、なだらかに石畳をしきつめた広いスロープになり、そのむこうに、世にも美しい、前にカナン様式の円柱を何本もかかえこんだ前庭があり、そして平屋根を複雑な彫刻のある柱が支えている、マルガ離宮のすがたがある。その手前は、あまり深くない森がひろがって、マルガ市内と離宮とを隔てているのだ。

真っ白で美しい《マルガの白鳥》のすがたは、かつて、イシュトヴァーンがマルコとともに密使として訪れたときにかわらない。違いがあるとすれば、ナリスがさだめた神聖パロの聖王旗が、もっとも高い屋根の端の柱にひるがえっていることくらいだ。白い繊細な彫刻をほどこした、大理石の建物は、城というよりも小宮殿というにふさわしく、まったく敵をむかえうつには似つかわしくない。そして、美しい張り出し窓のある窓のひとつひとつに、こちらに向いている分には一つ残らず、兵士たちが弓矢を手にして構えているのが見えた。それもまた、舞踏会やにぎにぎしい宴や、優美な恋の舞台となるにこそふさわしいこのあでやかな離宮にはあまりにも似合わなかった。

その、離宮の前には、スロープと前庭の部分にも、そして正門の前の、わずかばかりの広場にも、人があふれている。正門の中側にいるのは、銀色のよろいかぶとを身につけたパロの聖騎士たちであり、そして正門のすぐ前には、さきほどイシュトヴァーンが、自分は馬を動かしもせずに部下たちがあっさりとうちやぶるのを眺めていた、カレニア騎士団のよろいかぶとを付けた部隊がいくつか、必死の形相で構えている。その左右に、

明らかに市民たちとわかる、てんでばらばらなかっこうをした男女がいて、てんでに思い思いの得物を持ってこれも悲愴な顔で待ち受けていた。そのかれらの前に、黄色のスカーフを肩に結びつけた部隊がかれらを守るように騎馬で立ちはだかっており、その先頭には、片目に眼帯をし、長い黒髪を首のうしろでゆわえたいくぶんずんぐりした青年が、長いマントをかけて、馬上で指揮をとっていた。

「これは驚いた。本当にあれで、きゃつら、俺たちと戦うつもりなのか?」

思わず、イシュトヴァーンはもらした。

「陣ぞなえもへちまもねえじゃねえか。……おまけに、構えを見たかぎりじゃあ、きゃつら、本当にちょっとでも訓練をうけた兵隊がいるのか?——まああの、銀色のよろいのやつらと……それにあっちの、さっきのやつらはともかくとしてだな……弱いけどな。だがあっちのあの、不揃いな連中、いや、あの市民どもじゃないほうだが……あれは、本当に戦うつもりなのか。みんな、へっぴり腰じゃねえか」

「は……」

イシュトヴァーンのかたわらに控えているマルコは、返事に困ったような声をもらす。

「本当に、冗談ぬきで、あいつらだけで、謀反を起こして……それで、これまで戦ってきたってのか? よくまあ、もっと早くに全滅しなかったもんだな……よほど、相手方も弱っちかったのか? それとも……運がよかったのか、ただ泳がされてたのか? だって、ありゃあ何をいうにも――まるきり、素人の群れだぞ！　そうじゃねえか」

イシュトヴァーンがそういうのも無理はない。

クリスタル義勇軍も、ランが必死に訓練したおかげでずいぶんと兵士らしくはなってきたというものの、そもそもが学生、市民の青年たち、商人の徒弟などのよせあつめだ。もともとは剣の持ち方も知らなかった部隊である。これまでの連戦で一番のいたでをこうむったのもかれらだが、それをも支えて、解散も崩壊もせずにきたのは、カラヴィアのランの指導力と、そしてやはり、『このさき、パロをなんとかしなくては』という望みをもっとも強く持っていたのはかれらであったからだけだ。

そしてまた――よりにもよって、というべきか。

かれらと対峙しているゴーラ軍のほうは、ひと目見ただけでも、あまりにもその力に差があるのが手にとるようにわかってしまう、歴戦の勇士たちであった。もともと、それほど強くもなかったユラニア軍を主体にして、イシュトヴァーンが鍛え上げたものだが、もともとが一応は職業軍人であったものを核にして、野望をもつ若者、不良少年たち、傭兵たちを集めて、イシュトヴァーンがびしびし仕込んだのだ。そしてそのあとには、アルセイスへ、トーラスへ、そしてパロへ、と、ずっと経験を経てきて、イシュトヴァーンの命令を伝達する早さ、イシュトヴァーンの戦いかたに影響されたその勇猛さ、いずれもなかなかのものに育っている。すべての軍がそこまで鍛えられているわけではないが、イシュトヴァーンがご自慢のルアー騎士団と、それにつぐイリス騎士団、イラナ騎士団くらいは、「どこに出しても恥ずかしくない」——「いまに、あと十年で世界最強の軍団にしてやる」と、イシュトヴァーンが意気込んでいるだけあって、その動きの鍛え抜かれた敏捷さ、戦う機械を思わせる酷薄さ、結束——すべてがなかなかのみごとな水準に達している。また、イシュトヴァーンがそう見込んだとおり、最大の長所は、イシュトヴァーンの騎士団はみんな若い。将軍たちでも二十代前半という若さで、兵士たちなどは十代のものも多いから、みな命知らずで、しかも体力ざかりだ。頽廃的なユラニアの正規軍とはもはや、雲泥の差、「ルアーとトルク」ほどにも違ってしまっている。

だが、その、イシュトヴァーン軍の威圧的なすがたを見ても、もはや、マルガを守ろうとする決死の人々の決意はゆらぐようすもなかった。

「ナリスさまを守れ！」

「聖王さまをお守りするんだ！」

「アル・ジェニウスを守れ！」

口々に、ことにマルガの市民たちは、恐怖をまぎらすように、そう唱え続けている。

もはや、この圧倒的な軍勢の前に、おのれらが蹴散らされ、ふみにじられ、おそらくはあらがうべくもないこともわかっていてなお、それでもとにかくおのれのからだを投げ出して、ナリスを守ろうとする、その意志だけがかれらを支えているのだ。

カレニア騎士団は、戦死したローリウス伯爵の旗を涙ながらに掲げていた。ローリウス伯の実弟のロック大隊長がいそぎ、カレニア騎士団の指揮に当たっている。

かれらの目のむこうに、ひろがる離宮の森、さらにその彼方に屋根屋根や尖塔がかすかに見えているマルガの町――

その、マルガの町は、ゴーラ軍のかけた火によって炎上し、いまは消火にあたるものもなく、燃え滅びてゆこうとしている。美しいマルガはいま炎のなかにある。

かれらの家も、愛した町もふるさとも燃え上がっているのだ――その思いが、いっそう、かれらをもはやあとのない、つきつめたいのちがけの闘志に燃え上がらせている。

「ナリスさまを守れ！」

誰いうとなく――

その叫びが下火になりかけると、たちまちまた、涙ながらの叫びがあがった。

「アル・ジェニウスを守れ！　アル・ジェニウスを守れ！」

「マルガは決してナリスさまを敵方に渡さないぞ！」

「すげえな」

イシュトヴァーンは、いくぶんむかついたようすでもらした。

「ご大層じゃねえか、ええ？　そうか、この弱っちいへっぴり腰の連中が、天下のゴーラ軍の、天下のイシュトヴァーンさまにたてついて、それでなんとかマルガを守れの、ナリスさまを守れのってほざいてるわけか。ずいぶんと健気だな、ええ？」

「はあ……」

「面白えやつらだな。……あの、まきざっぽや薪わり斧だの、あれは何だ、魚とりの何かか？　あんなもんで、相手もあろうにこのゴーラ軍精鋭中の精鋭に相手になろうってのか？……気の毒というか、命がいらねえやつらだというか……なんともかとも云いようがねえな」

「は……はあ……」

マルコは、どうするつもりだろうと、いくぶん心臓をどきつかせながら、イシュトヴァーンを見つめている。

市民たちと、そしてマルガ防衛軍は、目の前に威圧的に並んだゴーラ軍が、じっと動きをとめているのを、それこそ息をとめて見守っていた。次にそれが動き出したときが、おのれの死だ、と知りながら、じっと待っているのだ。息づまるような静寂が一瞬、訪れたかと思うとまた、たまりかねたように、「ナリスさまを守れーッ！」の絶叫が起きる。

そのとき、彼方のほうで、何かのとき、、の声に似たものがきこえた。イシュトヴァーンがふりむいた。

「なんだ、あれは。ヤン・インか」

「たぶん──リリア湖の側ですし……」

「煙もあがってるようだな。……ヤン・インがそろそろおっぱじめたってことか」

「はあ……確かめますか」

「いや、いい。こんなとこで時間をくうと、どこからどう援軍がくるかわからねえからな。……よし、じゃあ、ケリをつけてやろうじゃねえか」

はっと──

イシュトヴァーン軍が緊張し──

それを見たマルガ軍にもまた、激しい緊張が走った。

「ルアー騎士団、第一から第四大隊、前へ！」

ゆっくりと、イシュトヴァーンは、采配がわりのムチをふりあげた。

「ルアー騎士団、第一、第二、第三、第四大隊、前進します！」

伝令がただちに復唱する。

「強引に正面から防衛線を突破しろ。マルガ離宮に突入する。──よいか、もういっぺんくりかえす。アルド・ナリスを殺したり、あるいはやつに自分ででも死なせたものは許さん。この俺の手で、語りぐさになるようなおっそろしい死に方をさせてやる。必ず、生かしてとらえろ。すべてはそれからだ。……他のやつは皆殺しにしてもかまわん。アルド・ナリスだけは絶対に殺すな」

「かしこまりました！」

「出来れば、マルガ離宮はあまりぶち壊すな。いいな。――ヤン・インにのろしの合図をあげろ。攻撃開始だ」

「攻撃開始！」

背後で――

森の彼方で、マルガの町並は燃えている。

すでにマルガの住民も、そして襲ってきたゴーラ兵たちもマルガを見捨てて離宮にその戦いの舞台をうつしたがゆえに、消火をこころみるものもなく――もっとも大理石の家が主体であるから、それほど激しく延焼はするおそれもなかったが、明るい午前の日差しの下で、美しいマルガの町並みを炎が舐めている。

それをふりかえることもなく、イシュトヴァーンの右手がいまいちどふりあげられた。

それを見つめて、ゴーラ軍もむろんのこと、マルガを守ろうとするものたちも息をとめた。

「行くぞ！」

今度は、イシュトヴァーンは先陣を切るつもりだ。

さきほどは、眉ひとつ動かさずに馬上から惨劇を見つめていた彼は、相変わらずかぶとひとつかぶらぬまま黒髪をなびかせ、白いマントをなびかせ、防衛線までの、ほんの一モータッドばかりの距離を、一気に詰めて馬を走らせた。ただちにどどどどど――とすさまじい、怒濤のほとばしる音をたてて、ゴーラ軍精鋭が続いた。

「ワアアーッ！」

「ナリスさまを――ナリスさまを……！」

「アル・ジェニウス！　アル・ジェニウス！」

「ナリスさまを守れ……パロ万歳……」

もはやことばにもならぬ絶叫もろとも、パロ兵たちも動いた。イシュトヴァーンの猛攻を受け止めるのは、かれらには恐ろしすぎたが、必死に立ちはだかって、その突入を受け止めようとした。が、結果は見るもむざんであった。イシュトヴァーンは、身を低くして突っ込んでゆき、最初の剣の一閃で、正門を守ろうと十重二十重に重なりあっていた聖騎士たちをなぎたおした。血がしぶき、絶叫とともに腕が飛び、どうと首を失った死体が倒れこんだ。パロ聖騎士の華奢づくりの銀のよろいかぶとなど、イシュトヴァーンの剛腕の前には、身を守る防具など何もつけてないのと同じであった。

「うわあああっ！」

「ひくな、守るんだ、門を守るんだ！」

殺到するゴーラ兵の前に、痛々しい叫び声をあげながら、それでもパロ兵たちは必死に応戦しようとした。あたかも、子供が大人に立ち向かおうとしている如くであった。市民たちが必死に——女たちまでも、死にものぐるいでゴーラ兵の馬の足にしがみつき、尻尾をひっぱり、うしろから棒でぶん殴ろうとする。ふりかえりざま容赦なく切り倒すゴーラ兵の大剣に肉が裂かれ、一瞬で脳天を立ち割られて、脳漿と血がはねとび、血が噴水のように吹き上がった。たちまち離宮の前は大混乱の地獄図となった。

イシュトヴァーンはそのような戦いには、息を乱すことさえなかった。この敵はイシュトヴァーンには敵とするに足りなかった。いくさのなかでいつも恍惚境に入って我を忘れ、最大の陶酔を得る彼であったが、彼からみたら軍人とはとうていえない、一般市民たちを切り倒してみても、何ひとつ戦いの恍惚が得られようはずもなかった。イシュトヴァーンはごくごく機械的に聖騎士団とカレニア騎士団を選んで切り倒し、はねとばし、そして正門を突き破ることだけを目的に殺到した。その阿修羅さながらのすがたを、パロ兵たちは、他のものたちと必死に戦いながらも驚愕の目で見つめずにいられなかった。もともと文弱の国であるパロの兵士たちにとっては、このような殺人機械、戦闘のために作られたとしか思えぬ闘神のような存在は、想像の外だったし、とうてい理解もできなかったのだ。イシュトヴァーンの剣が舞うところ、確実に兵士がたおれ、ほふられ、血が吹き上がり、首が飛び、腕が折れる。

「イ——イシュトヴァーン……」

「凄い……あれが……ゴーラの——」

だが、その刹那にはすでに、違うゴーラ騎士の剣がパロ兵の脳天をかち割っていた。

イシュトヴァーン自らが先頭に立ったとき、ゴーラ兵、ことにルアー騎士団は、「イシュトヴァーン陛下に遅れをとるな！」と、日頃に数倍する力を発揮するようになる。

あとからあとから、勇敢にもその強敵の前にたちはだかって門を守ろうとするうんかのようなパロ兵に、イシュトヴァーンは苛立った。

「マルコ！」

「はいっ！」

「二十騎、連れてついてこい。やっとられん。突入するぞ」

「はッ！」

ただちに、イシュトヴァーンを先頭に、錐の陣形をとったマルコ以下の親衛隊の精鋭は、イシュトヴァーンが剣をふるいながら切り開いてゆくのを、そのうしろから援護しながらどんどん正門に向けて進んだ。こんどは、効果は圧倒的であった。

「ワアアーッ！」

「通すな、イシュトヴァーンを通すな……」

「門が——門が破られる！」

激しい悲鳴。

阿鼻叫喚。

そして舞い散る血、流れ出す血潮。

いまだかつて、このような浪藉にさらされたことのない、純白のマルガの、大理石のスロープに血が流れ出し、そこをまだらに染める。

もはや、それは戦闘というよりは一方的な虐殺と化しつつあった。

「ランッ！」

誰かの激しい悲鳴がきこえたとき、カラヴィアのランの肩に深々とゴーラ騎士の大剣がめりこんだ。ランは声もなく倒れた。たちまちそのすがたが乱戦のなかにのみこまれた。戦死したローリウス伯にかわって必死にカレニア騎士団を指揮しようとするロック隊長も剣をうけて倒れた。もはや乱戦のなかで、伝令も命令も届くものではなく、ただひたすらひらめく剣先と、そして悲鳴と怒号だけがあった。誰が倒れ、誰が切ったのかさえわからなかった。血しぶきが目をかすませ、血のりが足をすべらせる。離宮前は、もはや血の池地獄と化していた。何人かのカレニア兵が、正門を突き破って離宮の前庭に飛び込んできたイシュトヴァーンたちを追いすがって必死に食い止めようとし、またその場で切り倒され、はねとばされた。

「こん畜生！　邪魔だ！」

イシュトヴァーンは絶叫した。そして、すさまじい形相で左右に剣をふるい、カレニア兵を正面から切り倒した。そのまま、血刀をひっさげて、馬から飛び降りた。

「マルコ、援護しとけ！」

叫びながら、イシュトヴァーンは、いまや血が川となって流れている白亜のスロープを走って、マルガ離宮に突入しようとそのドアに手をかけた。その向こうから、いきなり槍の穂先が突き出されてきた。イシュトヴァーンは充分に予期していた。すばやくよけながら、手近のカレニア兵をひったくって、もがくのを楯にしながらもういっぺんドアに近づく。再び槍が突き出され、こんどは無残にも味方の胸をつらぬいた。絶叫をきいて、ドアが少し開いた。その刹那に、イシュトヴァーンはそこに軍靴の足をこじり入れ、力づくで扉をひきあけた。

「入れるな！　入れるな！」

悲鳴が起こる。イシュトヴァーンはかまわず、剣をつっこんで扉のあいまをかきまわし、守ろうとするものたちを追い払って扉をこじあけた。からだごと、こんどは、そのあいだに突っ込んでゆく。ふたたび繰り出される短槍を、こんどは大剣で激しく払いのけて叩き折り、そのまま建物のなかに躍り込んだ。

「アアアアーッ！」

悲痛な、玄関を守るカレニア兵の絶叫をききながら、イシュトヴァーンはようやく、血がたぎってくるのをここちよく感じつつ、剣を縦横にふるい、玄関を守る兵士たちを切り倒した。うしろで、さらに激しい、門をめぐっての攻防が続いているようだったが、もうそんなものには目もくれなかった。

「おのれ、ゴーラの悪魔！」

いきなり、激しい悲痛な叫び声もろとも、近習らしいのが突っかけてきた。イシュトヴァーンはろくろくそちらを見もせずに大剣でなぎ払った。胴を両断された近習の死体が、むざんに噴水のように血を吹き出しながら、純白なマルガ離宮の美しい壁のゴブラン織に叩きつけられ、すさまじいあとをつける。泣き叫びながらもうひとりが剣を突きだしてくるのを、無造作に切りとばし、イシュトヴァーンは激しくその死体を蹴りとばして、廊下を突進した。わらわらと、騎士たちが廊下を駆けだしてきてイシュトヴァーンの行く手をはばんだ。

「邪魔するな！」

イシュトヴァーンは怒号した。

「俺の行く手に立ちはだかるな！　この糞ったれ！」

「アル・ジェニウスのために！」

「アル・ジェニウスを守れ！」

絶叫が狭い廊下に交錯する。イシュトヴァーンは、いつのまにかマルコたちともはぐれていた。さしものマルコと精鋭たちも、イシュトヴァーンのあまりの勢いについてこられなかったのだ。マルコたちはまだ玄関のフロアのあたりで戦っているようすだった。

だが、イシュトヴァーンは気にもとめなかった。たった一人になったことを気にもかけず、恐れることもなく、むしろ欣然として剣をふるい、むらがりよせて必死にナリスを守ろうとする騎士たちを切り倒した。

「待ってろ」

彼は吼えた。

「きさまは俺のもんだ。俺が手どりにしてやる——誰にも渡さねえ。今度こそ、俺は何もかも手に入れてやるんだ——どけ！　きさまらはみんな、どけーッ！　きさまらみてえなザコになんか、用なんかねえんだ！　どけ、どかねえと、皆殺しにするぞ！」

吹き上がる鮮血——

悲鳴と絶叫。

そして、戦闘の騒音。

いつしか、美しく高雅だったマルガ離宮は、どっぷりと血のにおいと、そして阿鼻叫喚とに浸されて、生き地獄のありさまを呈しはじめていた。

あとがき

お待たせいたしました。「グイン・サーガ」第八十四巻「劫火」をお届けいたします。

いやあ、また久々に異色のタイトルとなりました。「二文字タイトル」というのは、二十六巻の「白虹」が最初で、それから六十九巻の「修羅」と、今回で三回目ということになります。いずれも、やっぱりすごいインパクトのある内容の巻のときには「＊＊の＊＊」という通常のパターンでのタイトルがつけにくくなる、っていう証明のように、たいへん激動の巻になっております。

で、まあ、今回も、どう激動かっていうのはあとがきから先にお読みのかた、立ち読みのかたのためにあえて何もいいませんのでなかみを読んでいただくのが一番いいかと思いますが、確かに激動であります。まあ八十巻以降のグインはとにかく毎回激動激震、おかげさまでこのところたいへん面白いとお褒めのことばを頂戴しておりますが、今回はまた「なんだこのヒキはぁぁぁ！」と怒られるだろうなあ、というのは（笑）まあ、その、覚悟の前といいましょうか、しょうがないというか……ま、でも、まだタイトル決まってないんですが八十五巻ももう書き終えてますのでご安心下さい（笑）まあ、このところはほんとに、二ヶ月ごとでなかったら申し訳ないって感じではあるんですが……でもまあ一応、今年も二ヶ月一冊のペースはなんとか守れると思いますので……いやいや、それにしても、すごい勢いですね。ついに次が八十五巻になっちゃったし、ということはもう九十巻もいよいよ目の前に見えてきたし……

いま、うちの亭主が、何を思ったか「第一巻からのグイン全巻読み直し」というのをやっておりまして、きのう「辺境の王者」を読み終わったところで、なんかいろいろとしみじみ感慨しておりましたが、確かに、そのへんといまの八十巻以降を同時に見たら、やはりそれは感慨せざるを得ないでありましょうね。まあ、うちの亭主の場合には、そのへんを出しているときには担当編集者でもあれば、またそのう、個人的おつきあいをはじめたあたりのころでもあったし、いろいろとそりゃ、感慨することは多いだろうなあ、と思いますけど、それだけでもないみたいで、「このころって、うまいんだけどまだやっぱり若い、その意味ではやっぱりいまのほうが全然すごいなあ」というような感想をもらしておりましたね。「そのころってまだ、作者の存在を感じるんだけど、いまはもう全然それがない」って、存在感が薄くなった、ってわけじゃないでしょうね（笑）でもいいたいことはわかるような気がします。なんとなく、もういまとなっては、ても大変なことじゃないかという気がしたのでした。「ゴッドファーザー」というコッポラの映画のなかに、「ヴィト・コルレオーネ、このドン……」

この物語自体の法則性とか、キャラ自体の発展性とか、そういうものが、「作者」というものが安直な解決とか、おのれの恣意的なストーリー展開をすることを許さなくなってる、ということなんだと思います。

この三月から、毎回お馴染みの新宿三丁目「11区シャンソニエ」で週末にいろいろなこころみをすることになりまして、そのなかのひとつとして、これまで出さなかった伝家の宝刀をついに抜くかという感じで（笑）まあまだどうなるか全然わからないんですが、「中島梓の文章ワークショップ」を試してみようかということになりまして、三月に二回ほどやってみることになりました。ちょうど、二月から、かのお馴染みの「JUNE」誌にもこわれて「小説道場」を「ご隠居の小説道場」として再開することになりまして、このご隠居ってのは私のほうから言い出したことなんですが（笑）もういまさらヤオイ小説がこれだけ普及してる御時世に小説道場でもあるまいから、じゃあもうご隠居として、諸国を漫遊しつついいたい放題をほざこうか、というようなことで「ご隠居の小説道場」ってことになったわけですが、あの当時は「本当に面白いヤオイ小説を書ける人を誕生させたい！」というような意気込みで出発して、そのわりに、なんというか、はじめてみたら、ヤオイ小説そのものもさることながら、「これってもしかして文章セラピーだろうか」っていうような非常にふしぎな感慨にとらわれまして――で、やってゆくにつれてその感が深くなり、「ああ、小説って、書いていること自体がひとつの精神分析的な、セラピーとしての意味あいをもつことなんだな」と強く感じてしまって——

結局、秋月こお、江森備、尾鮭あさみ、須和雪里などいまボーイズノベルの第一線作家として活躍している作家たちを二、三十人も輩出する、という成果をあげて十年だったかの歴史に幕をおろしたわけですが、今回「文章ワークショップ」をためしにやってみようと思ったのは、まあそのう、11区で何していいか、毎週ライブやるのもかったるかったってのも正直ありますが（笑）なんかそれにも増して「いま、何かを云いたいと思ってるんだけど云えない人」たちと接していたいというか、うーむ、うまく云えないんですが「最前線の、臨床医でいたい感覚」みたいなのがあったんですね。むろん医者とワークショップは違うんですが、「臨床家でありたい」感覚というのはなんか、通底するものがあるように思うので、演劇をやってライブで音楽をやって、そっちではすごくつねに臨床家、というか「前線にいる」感じでやってるし、また本来がそういうものなんだけれども、小説っていうのはひとつほっとくと、あっという間にひとりよがりの、内面世界にとじこもったものになってしまう。これはとても危険なことで、特に私のように虚構世界の構築が非常に強力である作家というのは、そこに埋没してしまえばほんとに現実とのコンタクトのすべを失ってしまう方向へいってしまう。それが根本にあるから私は神楽坂倶楽部をやったり、天狼パティオをやったりするわけなんですが、去年から日本SF大賞の選考委員を引き受けて、それまでやってたもろもろの選考委員というのは新人さんの投稿作品だったのが、日本SF大賞は、ちゃんとプロのかたたちの、プロ作家が「去年の収穫」として投票して選んだもののなかからさらに「去年一年でもっともすぐれたSF作品」というものを選ぶわけですから、ひさびさに否応なしに日本のプロ作家の作品を（SFばかりではありますが）読む機会があって、これがいろいろと刺激になったということがあって——よい意味でも悪い意味でも、というのは「なんだ、いま日本の若手の小説ってこんなレベルなのか」とか「なんだ、昔と全然同じじゃないか」とか、あるいはまた「あ、でもいまの若手もけっこう頑張ってはいるんだな」とか、いろいろな意味でふーんと思うことが多々ありまして……ただとにかく、なんといいますかけっこうみんな「やっぱり内向してるなあ」っていうようなことも非常に思ったり、「うーん、やっぱりいまの人って全体に志が高くないのかなあ」とか……小説に志が必要だと思うことからして古いんだろうかとかね、いろいろ考えさせられてしまいまして、それで、ま、さらに「文章というもの」「文章表現というもの」「自己表現というもの」について——ああ、何によらずなんですが、ひとの悩みをきいてあげたり、教えることって、すごく「自分自身を発見」することになるんですね。ひとの欠点を指摘することって、自分自身の持ってた欠点に気づくことでもあるし、その理由とかを理解することにもつながる。そういうわけで、ま、ちょっとまた今年は目を外に向けてみようかなと思ったりしたというわけです。ちょっと、芝居をやっていながらだんだんに自分が内向してきてるのが気になっていたので――芝居というのもなかなか大変なもので、あのくらい内向と外向のバランスのとりかたが微妙なものもないなと思うのですが、それがしんどくなってついつい、もっと簡単にできる――私にとってはですが――音楽のほうへころんでいた部分てのが去年はあったので――まあ、今年は、ちょっとあまり自分の得手でない方向にもちゃんとやってみようかなと思った、とでも申しましょうか。

などということもあって、文章表現ワークショップなんてことが可能なのかどうか、どんな手ごたえがあるのかどうか、三月にとりあえず出発してみるので――この本が出るころにはもう結果も出ているころなんですけども、手ごたえがあって面白かったらまたちょっとこんどは続きものの講座でもやってみようかと思ったりしております。また、おかげさまをもちまして、私の個人サイト「神楽坂倶楽部」のほうも、この本が出るころには、めでたく百万アクセスを突破しているだろうと思います――いまそろそろ九十一万アクセスを抜けるというところですので。いやいやいや、百万アクセスっていうけど、二〇〇〇年の九月二十五日にはじめて、まだ一年半ですから、一年半で百万アクセスって、まあオバケサイトだったら一日百万だって当たり前なんだろうけど、しがない個人サイトとしては、「ほ、ほ、ほんとですか」っていうような感じで、とにかくまずアクセスカウンターだって最初は「えーっまさか百万とかなりっこないんだし、なっても十年とかすごい先だろうから、六ケタにしとけばいいよー」っていうんで六ケタのカウンターにしちゃったくらいですから、全然予想してなかった。あわててこないだ、八十万をこえたところで七ケタにかえまして、まあなんぼなんでも次は一千万ですから、そこまではケタあがるにも本気で何十年かかかるだろうということで、七ケタでいいことにしましたが、それにしても、百万アクセスしていただけたなんて、ほんとに感動というか……すごいなあっていうか……いろいろな意味で、ほんとにこのところ、自分としては、ああ、なんかいろいろなことが、ずいぶん見えてきたなあという感じがあったりします。ただトシをとっただけともいうかもしれませんが（笑）まあ、長年にわたって苦しめられてきた病気とかもずいぶんと抜けてきたし、まあ、青春も朱夏も終わって白秋に入ったということなのかもしれませんが、まだまだ玄冬には遠いっていうことで、逆にいまからが収穫期なのかなあとつくづく考えたりします。その意味では旦那がグインを一巻から読み返しをやっていろいろ感慨してますけど、私はまだ読み返して感慨をする時期にはいたりませんね。逆に、前のほうの話がいろいろ実を結んできたもので、前のほうを引っ張り出すケースがだんだん、書いてるときには多くなってきたんですが（笑）

ともあれ、次はいよいよ八十五巻です。そしてこの八十四巻は実はちょっとした記念の巻でもあるんで、というのは、いま外伝が十六冊ですから、さよう、外伝とあわせると、この八十四巻、「ちょうど百冊目」のグインなんですね。うん、「百冊」も同じシリーズを書いてしまったかと思うと、ほんとにこれはまことにもって「おおおお」という感じなんですけれど……こけの一念と申しましょうか、さまざまな景色のなかを抜けて、なおも大河は流れてゆくという――「通算百冊目」の次には、当然「ほんとの本篇百冊目」がくることになるだろうと思うので、とにかく外伝を足してではありますが「百巻」書くという約束は、ある意味ではこの巻で達成してるわけであります。といってもちろん、話のほうは、いつ尽きるとも知れずに（大爆）続いてるわけでありますから、百冊出たからやれやれってことでもありませんが。それどころか、ここんとこでは、自分がまず「次はどうなるんだ、次はっ」っていうのが、すごいドキドキしたりして、早く書きたい気分であります（笑）

まあ、そういうわけで、今年は、グインをあと四冊書くのかな、そうすると八十九巻（私は八十五まで書いてるからして）で、来年あたまにいよいよ九十巻てことになるわけで、そうするとまたさぞかしぎゃおぎゃおと騒いでしまうだろうと思います。ちょっと、ほかのシリーズが、グインに圧倒されちゃってる感じがするんで、もうちょっと、そっちのほかのもろもろも元気出してほしい感じはするんですけどねえ。とにかく八十巻すぎてからのグインの勢いにはたいていのものはぶっとばされちゃっております。

きょうは実はちょっと腱鞘炎で、あまり長く書かないつもりなんですが……いや、ただ単にこれはキーボードとは関係なく、津軽三味線はじめて、ついつい夢中になって弾きすぎたという実におばかな話だったりしたんですが、今年からはじめた津軽三味線もこれまたとっても面白いし、11区でもいろいろそういうわけで「ウイークエンドシアター」なんてのをやっていまして、ここでお試しモードをやってみてうまくゆくようなら、このあといよいよ自分のお店なんてものを持ってみたいなあとか思ったりもするし、いろいろと夢のふくらむ二〇〇二年なのでした。この年は激動の年になるんだろうな、って、今年のはじめに思っていたんだけど、まずはグインのなかみからして、激動が続きそうです。

というわけで読者プレゼントは……岩下絵里様、高井智子様、橋本正信様、以上の三名様にお送りいたします。神楽坂倶楽部でもキリ番プレゼントをしてるので、けっこうあちこちにサイン本が流通してきたかなとか思ったりして（笑）十一区でもいろんなイベント、中島の手料理食べるイベントだの、ワインとシャンソンの夕べだの、ワークショップだの、珍しくもとってもまともな（大爆）民話の朗読劇だの、いろんな楽しいことやってますので、よかったら神楽坂倶楽部の「十一区スペシャル」のページをごらんになってみて下さい。

ではまた八十五巻でおあいしましょう。あ、タイトルまだ決まってない（爆）

二〇〇二年二月二十八日（木）

著者略歴　早稲田大学文学部卒
作家　著書『さらしなにっき』
『あなたとワルツを踊りたい』
『アウラの選択』『嵐の獅子たち』（以上早川書房刊）他多数

HM = Hayakawa Mystery
SF = Science Fiction
JA = Japanese Author
NV = Novel
NF = Nonfiction
FT = Fantasy

グイン・サーガ㉞

劫《ごう》　火《か》

〈JA691〉

二〇〇二年四月　十日　印刷
二〇〇二年四月十五日　発行

（定価はカバーに表示してあります）

著者　栗《くり》本《もと》　薫《かおる》
発行者　早川　浩
印刷者　大柴正明
発行所　株式会社早川書房
郵便番号　一〇一‐〇〇四六
東京都千代田区神田多町二ノ二
電話　〇三‐三二五二‐三一一一（大代表）
振替　〇〇一六〇‐三‐四七七九九
http://www.hayakawa-online.co.jp

印刷・株式会社亨有堂印刷所　製本・大口製本印刷株式会社

ISBN4-15-030691-5 C0193